Roger Strub · Gierige Tage

Während der Fußball-Europameisterschaft 2008 wird in Bern eine junge ungarische Prostituierte ermordet. Sie wurde zusammen mit anderen Osteuropäerinnen nach Bern geholt. Der Tatverdacht fällt schnell auf ihren Zuhälter, der nach dem Verbrechen spurlos verschwindet. Lena Bellmann versucht mit ihrem Team, die Identität des Mannes zu klären. Dabei stößt sie auf einen Sumpf aus Prostitution, Drogen und Gewalt. Stück für Stück gelingt es ihr, die verschlungenen Wege des Frauenhandels aus Osteuropa offenzulegen.
In ihrem vierten Fall kämpft Lena aber an mehreren Fronten gleichzeitig. Denn mit den italienischen Fußballfans tauchen auch zwei Roma in Bern auf, die den Tod ihrer kleinen Schwester rächen wollen. Sie halten Lena für die Mörderin und haben Blutrache geschworen. Ein Albtraum mit ungewissem Ausgang beginnt ...

Roger Strub wurde 1957 in Bern geboren. Er war Lehrer, Sänger, Songschreiber, Produzent und Veranstalter von Festivals. Später produzierte er multimediale Projekte, war Referent für Mediendidaktik sowie Berater und Coach für vernetzte Bildungs- und Kommunikationsprozesse. Er lebt heute mit seiner Familie in Utzenstorf.
Von Strub sind im Pendragon Verlag bisher die folgenden Lena-Bellmann-Krimis erschienen: „Kalter Abschied“, „Hand angelegt“ und „Waches Auge“.
(Infos unter: www.lena-bellmann.com)

Roger Strub

Gierige Tage

PENDRAGON

Lena Bellmanns vierter Fall
30. April 2008 bis 03. Juli 2008

Erster Teil: **Vorspiel**

Mittwoch, 30. April 2008, 15.00 Uhr

Die Mädchen waren am frühen Nachmittag am Villany ùt in Budapest eingetroffen. Neben jungen Ungarinnen waren es vor allem Slowakinnen, Tschechinnen und einige Ukrainerinnen. Mit Rumäninnen und Bulgarinnen wollte Istvan nichts zu schaffen haben. Sie waren in seinen Augen minderwertige Ware und wurden zusammen mit den Moldawierinnen nach Zypern exportiert.

Seine Jungs hatten nun einen Monat lang Zeit, die Mädchen auf das vorzubereiten, was in Österreich und der Schweiz auf sie zukommen würde.

Viele hatten überhaupt keine Ahnung, rechneten mit einem Job in der Gastronomie. Sie mussten zuerst zugeritten werden. Am Anfang würden einige störrisch sein, aber der Widerstand war jeweils schnell gebrochen. Seine Jungs hatten das drauf.

Istvan zündete sich eine Zigarette an und griff nach seinem Mobiltelefon. Er rief das Airport Hotel an und verlangte Jan van Eick.

„Hallo Mister van Eick“, begrüßte Istvan ihn auf Englisch. „Sie können sich die Ware nun ansehen.“

„Das freut mich, Mister Kovac“, antwortete van Eick. „Ich mach mich sofort auf den Weg.“

Istvan unterbrach die Leitung und lächelte. Dieser Sommer würde ihn zu einer großen Nummer im Geschäft machen.

Freitag, 2. Mai 2008, 16.40 Uhr

Lena Bellmann und Ariane Martinez saßen auf der Spanischen Treppe in Rom und genossen die warmen Sonnenstrahlen. Sie waren in heiterer Stimmung und lachten viel. In den letzten Monaten waren sie richtige Freundinnen geworden. Andreas hatte dies zuerst mit gemischten Gefühlen zur Kenntnis genommen. Aber dann hatte er gesehen, wie Ariane und auch seine Chefin aufgeblüht waren, und er freute sich mit ihnen. Schließlich hatte Lena auch nicht unwesentlichen Anteil daran, dass Ariane und er überhaupt noch zusammen waren.

„Wir sollten langsam zurück ins Hotel, um uns für's Abendessen zurecht zu machen", sagte Lena.

„Lass uns noch einen Cappuccino trinken", schlug Ariane vor. „Die Italiener essen ja nicht vor neun."

„Da hast du auch wieder recht", antwortete Lena. „Dann suchen wir uns eine nette Bar."

Sie wurden rasch fündig und aus dem Cappuccino wurden schließlich je zwei Prosecco.

In bester Stimmung machten sie sich auf zur U-Bahnstation „Spagna". Es herrschte ein riesiges Gedränge auf den Bahnsteigen. Neben den Einheimischen waren wegen des Auffahrts-Wochenendes auch viele Touristen unterwegs.

Der Zug fuhr ein, die Türen öffneten sich, die Menschen ergossen sich auf den Bahnsteig und vermischten sich mit den Wartenden. Diese drängten in einer Gegenbewegung auf die offenen Türen zu. Lena und Ariane wurden mitgeschoben und mitgestoßen und waren bereits im Wageninnern, als Lena an sich heruntersah und eine Hand in ihrer Bauchtasche bemerkte. Diese Hand hatte ihr Portemonnaie umfasst und wollte es gerade herausziehen. Lena umklammerte mit einem eisernen Griff das Handgelenk und starrte die junge Roma an, die versuchte ihre Hand zurückziehen. Lena packte das Mädchen im Nacken und drückte zu. Gleichzeitig schrie sie es an und drängte sich mit ihm zur Tür hinaus. Die völlig irritierte Ariane kam hinterher.

Als sie draussen auf dem leeren Bahnsteig standen, schlossen sich die Türen des Zuges und er brauste ohne sie los.

Lena hatte das Mädchen fest im Griff und schimpfte. Ariane versuchte zu verstehen: „Lena, um Himmels Willen, was machst du?“, rief sie.

„Dieses Miststück hat gerade versucht, mir mein Portemonnaie zu klauen“, antwortete Lena aufgebracht und schüttelte das Mädchen hin und her.

„Jetzt beruhige dich doch“, sagte Ariane und fasste Lena, die außer sich war, am Arm. In diesem Augenblick befreite sich das Mädchen aus Lenas Griff und rannte los. Es lief Richtung Treppe. Lena hinterher. Das Mädchen war flink. Es nahm zwei Stufen auf einmal und verschaffte sich einen kleinen Vorsprung. Oben in der Halle flankte es über das Drehkreuz, das den Weg zur Treppe auf den gegenüberliegenden Bahnsteig versperrte. Unten im Tunnel hörte man den Zug heranbrausen. Als auch Lena das Hindernis überwunden hatte und endlich auf der Treppe war, rannte das Mädchen bereits den Bahnsteig entlang.

Lena konnte gerade noch sehen, wie das Mädchen einen stämmigen Mann anrempelte, das Gleichgewicht verlor und vom Bahnsteig auf die Schienen stürzte. In diesem Moment raste der Zug aus dem Tunnel.

Freitag, 2. Mai 2008, 17.55 Uhr

Lena saß auf einer Bank und zitterte am ganzen Leib. Ariane war neben ihr und hielt ihre Schultern.

Das Mädchen war tot. Zerfetzt vom einfahrenden Zug. Die U-Bahnstation war geräumt worden. Überall wimmelte es jetzt von Polizisten.

„Das wollte ich doch nicht", stammelte Lena.

„Ich weiß, du hast keine Schuld daran", versuchte Ariane zu beschwichtigen.

„Doch, natürlich ist es meine Schuld. Ich habe sie gejagt", sagte Lena.

„Sie wollte dich beklauen", antwortete Ariane.

„Das ist doch kein Grund, sie vor den Zug zu treiben", antwortete Lena. „Was ist bloß in mich gefahren?"

Zwei junge Männer lösten sich aus einem Menschenknäuel und versuchten, sich auf Lena zu stürzen. Mehrere Polizisten warfen sich auf sie und drückten sie zu Boden. Der eine schrie und wand sich wie ein angeschossenes Tier. Seinem Aussehen nach war er, wie das tote Mädchen, ein Roma. Er tobte, brüllte und drohte Lena unmissverständlich mit dem Tod.

Sie sah in die hasserfüllten Augen der beiden jungen Männer und wusste, dass sie alles daran setzen würden, um diese Drohung wahr zu machen.

In diesem Augenblick stellte sich ein gut gekleideter Mann zwischen sie und die beiden Roma. Er sagte auf Italienisch: „Signora, mein Name ist Commissario Catti. Darf ich Sie bitten, mit mir zu kommen? Ich muss Ihnen einige Fragen stellen."

Lena nickte, und sie erhoben sich. Ariane hielt sie im Arm, als sie die Treppe hinaufstiegen. In der Halle wurden sie von einem Blitzlichtgewitter empfangen. Commissario Catti hatte seinen Wagen mit offener Hintertür direkt vor dem Ausgang geparkt, so dass sie durch die Flügeltür direkt auf den Rücksitz des Dienstwagens schlüpfen konnten und die vielen Gaffer sie kaum zu Gesicht bekamen.

Lena war wie benommen. Sie nahm alles wie durch einen Schleier wahr und hatte keine Ahnung, wie viel Zeit vergangen war, seit sie das Mädchen im Nacken gepackt hatte.

Mittwoch, 30. April 2008, 16.30 Uhr

Ilka erschrak, als Istvan mit dem Holländer in das Büro trat, in dem sie mit dem Sortieren und Kopieren der Ausweispapiere der anderen Mädchen beschäftigt war. Damit hatte sie nicht gerechnet. Besorgt hörte sie dem Gespräch der beiden zu.

„Wenn die Vorrundenspiele in Bern und Basel vorbei sind, dann können Sie die Mädchen nach Holland bringen", sagte Istvan in gebrochenem Englisch. „Für fünftausend Euro gehören sie Ihnen. Pro Stück, versteht sich."

Der Holländer fragte: „Wie und wo findet die Übergabe statt?"

„Gleich nach dem letzten Spiel der Holländer in Bern können Sie die Mädchen übernehmen. Details besprechen wir vor Ort. Besorgen Sie genügend Oranje-Shirts. Damit kommen Sie mit all den anderen Fans problemlos über die Grenze."

„Okay, ich organisiere einen holländischen Reisebus mit einigen grölenden Jungs als Dekoration", meinte van Eick.

„Das ist Ihre Sache", antwortete Kovac. „Für mich ist das Geschäft gültig, wenn Sie Ihre Anzahlung geleistet haben."

Van Eick legte seinen Aktenkoffer auf den Tisch und sagte: „Zählen Sie nach."

Istvan öffnete ihn und legte mehrere Bündel Geldscheine aus. Ilka zählte mit. Es waren fünfzigtausend Euro. Van Eick bemerkte ihre verstohlenen Blicke und fragte Kovac: „Und die Kleine da, gehört sie mit dazu?"

„Nein, die gehört mir", antwortete Istvan. „Dieses Juwel leiste ich mir als Spielzeug."

„Ist sie eingeweiht?", wollte van Eick wissen.

„Keine Sorge, sie versteht kein Englisch", antwortete Istvan. „Sie trägt mir lediglich zu, wenn die anderen Mädchen aufmucken."

„Schafft sie auch an?", bohrte van Eick weiter.

„Was soll die Fragerei?" Kovac schien genervt. „Natürlich schafft sie an."

„Kann ich sie für heute Nacht als Begleiterin buchen?", fragte van Eick und schaute Ilka lüstern an.

„Nein", sagte Istvan kalt.

Ilka atmete auf.

Der Holländer zuckte die Schultern und ergriff seinen leeren Koffer.

Er nickte den beiden zu und verließ den Raum. Einer von Kovacs Jungs, der draußen vor der Tür gewartet hatte, begleitete ihn bis auf die Straße.

„Arschloch", zischte Kovac und meinte auf Ungarisch zu Ilka: „Das ist ein ganz mieser Typ. Dein Glück, dass du nicht für ihn arbeiten musst."

Freitag, 2. Mai 2008, 18.35 Uhr

In der Questura zeigte sich Commissario Catti überrascht, als Lena ihren Polizeiausweis vorlegte und sich als Berufskollegin zu erkennen gab. Zuerst glaubte er, dass sie verdeckt und ohne Meldung an seine Behörde in Rom ermittelt hatte. Er war nur schwer davon zu überzeugen, dass Lena sich als Touristin in Rom aufhielt. Er rief sogar Polizeichef Minder in Bern an.

Lena war verzweifelt. Das Mädchen war eine rumänische Roma gewesen. Fünfzehn Jahre alt. Wohnhaft gewesen in einem der berüchtigten Lager an der Peripherie von Rom. Der Mann, der die Drohungen ausgesprochen hatte, war einer ihrer Brüder. Er hatte in der Station auf einer Bank gesessen und kassiert, was seine Schwester und ihre Kolleginnen den Touristen abgenommen hatten. Dabei handelte es sich um das ewig gleiche Ritual, das seit Jahren in zahlreichen römischen U-Bahnstationen gespielt wird. *Touristen ausnehmen*, mehr oder weniger unter den Augen der Polizei, selten geahndet, eher schon resigniert geduldet. Commissario Catti hatte es Lena jedenfalls so geschildert.

Während sie Commissario Catti den Ablauf der Ereignisse schilderte, ärgerte sie sich mehr und mehr über ihr eigenes Verhalten. Warum hatte sie nicht sofort nach der Polizei gerufen? Warum hatte sie das Mädchen nicht einfach aus dem Zug gedrängt und laufen lassen? Warum musste sie immer überreagieren in solchen Momenten? Lena war verzweifelt und machte sich Vorwürfe.

Nachdem das Protokoll unterschrieben war, sagte Commissario Catti: „Signora Bellmann, Sie können nun gehen.

Ich möchte Sie allerdings darauf aufmerksam machen, dass ein gewisses Risiko besteht."

Sie erinnerte sich an die Drohungen des Roma. „Sie meinen, ich muss mit der Rache der Brüder rechnen?", fragte sie.

„Es ist nicht auszuschließen, dass bei denen die Blutrache gilt."

„Was bedeutet das konkret für mich?"

„Dass Sie vielleicht besser daran tun, nicht durch Roms Straßen zu gehen und lieber nach Hause zu fahren, zumal Ihr Bild leider morgen in allen Gazetten auf der Titelseite sein wird."

Daran hatte sie noch gar nicht gedacht. Sie würde womöglich als rassistische Kindsmörderin Schlagzeilen machen, und ihr Gesicht würde wie ein Steckbrief die Aushänge an den Kiosken zieren.

„Ich möchte nach Hause", sagte sie kleinlaut und schaute Ariane an, die inzwischen ihre Aussage gemacht hatte und wieder an ihrer Seite war. „Verstehst du das, Ariane?"

„Aber natürlich verstehe ich das", antwortete Ariane und nahm sie in den Arm. „Mir ist auch die Lust auf Rom vergangen."

„Es wäre mir eine Ehre, Sie zum Flughafen zu fahren", bot Commissario Catti an. „Das ist sehr freundlich von Ihnen", antwortete Lena. „Wir nehmen Ihr Angebot gerne an. Darf ich Sie bitten, uns am Hotel kurz abzusetzen, damit wir unsere Sachen abholen können?"

„Aber natürlich Signora", antwortete er, ganz Gentleman. „Ich stehe Ihnen ganz zu Diensten."

„Dann möchte ich sofort fahren", sagte Lena und stand auf.

Freitag, 2. Mai 2008, 19.00 Uhr

Reinhard Höller packte seine Papiere zusammen und sperrte sie in eine Schublade. Er war ein bisschen genervt. Seit dem Zusammenschluss der Kantonspolizei und der Stadtpolizei zur *Polizei Bern* hatte sich der Papierkram vervielfacht. Sonst hatte sich nichts Wesentliches verändert. Zum Glück nicht. Außer vielleicht, dass sie jetzt auch bei Verbrechen in den Vororten zum Zuge kamen.

Höller hatte sich von seinem Burnout einigermaßen erholt. Er konnte wieder fünfzig Prozent arbeiten. Allerdings waren sie damit noch immer unterbesetzt, zumal Dallmeiers Nachfolgerin, Isabel Kissling, noch nicht so richtig auf Touren gekommen war.

Im Präsidium ging zurzeit sowieso alles drunter und drüber. In einem Monat würde die EM 2008 beginnen. Das Sicherheitsdispositiv war gewaltig. Sie hatten Verstärkung aus mehreren Kantonen unterzubringen und die Leitstelle wurde ausgerechnet in ihrem großen Sitzungsraum eingerichtet. Überall wurden Kabel verlegt und zusätzliche Überwachungsmonitore installiert. In der Stadt sollten mehrere Public Viewing Zones mit möglicherweise Zehntausenden von Besuchern eingerichtet werden, die alle überwacht werden mussten.

Man rechnete mit bis zu hunderttausend Gästen allein aus Holland. Einen solch gigantischen Anlass hatte Bern noch nie erlebt. Entsprechend waren die polizeilichen Aufgaben.

Höller verschloss gerade seinen Schreibtisch, als Minder eintrat und sagte: „Wer von euch ist noch da? Ich muss euch etwas mitteilen."

„Martinez ist noch da, die Kissling, Birgit Möller ist gegangen und Jonas Keller auch. Julia Reichert wird auch noch da sein. Soll ich sie rufen?“

„Ja, mach das“, antwortete Minder. „Lena ist in Rom etwas Unglaubliches passiert.“

Samstag, 3. Mai 2008, 11.00 Uhr

Ilka ließ es einfach über sich ergehen. Wenn Istvan Lust hatte, beliebte er sich zu bedienen. Sie hatte sich damit abgefunden. Einzig mit dem Blasen hatte sie ihre Probleme. Er verlangte, dass sie sein Sperma schluckte. Aber wenigstens hatte er sie bis jetzt nicht auf den Strich geschickt. Vielleicht empfand er für sie so etwas wie Zuneigung, wenn ein Mensch wie Istvan Kovac zu so etwas überhaupt fähig war.

Istvan knöpfte seine Hose zu und fragte: „Welche der Mädchen könnten uns Probleme machen?"

„Vielleicht Oleksandra aus der Ukraine oder Eleni aus Debrecen. Die haben wirklich mit einem Job als Kellnerin gerechnet."

„Soll ich Laszlo auf sie ansetzen?", fragte er.

„Nein, das ist nicht nötig", antwortete Ilka rasch. „Ich werde mich um die beiden kümmern. Die Aussicht auf das viele Geld wird sie schon umstimmen."

„Wir müssen sicher sein", entgegnete er. „Ich will keinen Aufruhr unter den Mädchen."

„Mach dir keine Sorgen Istvan, die Mädchen hören auf mich. Sie vertrauen mir. Und ich kann Menschen bestens manipulieren." Kaum war der letzte Satz gesagt, bereute sie ihn schon.

Istvan reagierte sofort: „Ach ja? Machst du das etwa auch mit mir? Spielst du mir etwas vor?" Er packte ihre Haare und riss ihren Kopf nach hinten, so dass sie ihm in die Augen sehen musste. Ilka hatte Angst. Schnell hauchte sie: „Nein, Istvan, wie könnte ich? Ich liebe dich."

Er ließ sie los und lachte. Die Angst in ihren Augen hatte ihm bestätigt, dass er der Chef war. Er ging ins Bad, um sich frisch zu machen.

Ilka massierte ihren Nacken, während sie Istvan hasserfüllt nachblickte.

Freitag, 2. Mai 2008, 19.15 Uhr

Jan Niklaus saß in Zürich im Ringier-Pressehaus vor seinem Computer, als die Nachricht über den Newsticker der Depechenagentur hereinkam. Er war nach den Serienmorden in Bern, bei denen er zum Star unter den Boulevardjournalisten wurde, nach Zürich in die Zentrale geholt worden. Er sah Lena nur noch an Wochenenden und auch dann nicht regelmässig. Das belastete ihre Beziehung. Lena war enttäuscht, dass er dem Lockruf nach Zürich gefolgt war. Andererseits entschärfte die Distanz den Konflikt zwischen ihr als Kommissarin und ihm als Enthüllungsjournalist.

Es war ausgerechnet die attraktive Kollegin Beatrice, welche ihn auf die Meldung aufmerksam machte: „Hey Jan, sieh dir mal an, was eben auf dem Newsticker reingekommen ist. Hast du nicht erzählt, deine Kommissarin sei in Rom?"

Jan klickte auf seinem Bildschirm einige Fenster weg und holte den Newsticker hervor. Dort las er:

Rom: Eine Kommissarin der Berner Polizei hat in der U-Bahnstation „Spagna" ein rumänisches Mädchen verfolgt. Dabei stürzte das Mädchen vor einen einfahrenden Zug und wurde tödlich verletzt. Bei der jungen Roma handelte es sich laut Aussagen der römischen Polizei um ein Mitglied einer Diebesbande, die Touristen bestiehlt. Die Kommissarin war nicht dienstlich unterwegs.

Jan griff nach seinem Mobiltelefon und wählte Lenas Nummer. Sie nahm nach dem vierten Klingeln ab.

„Lena? Bist du okay?", fragte er.

„Jan, du? Woher weißt du, dass ...?“

„Es kam soeben über den Newsticker“, antwortete er. „Nun sag schon, geht es dir gut?“

„Nein, es geht mir nicht gut. Was für eine Frage“, gab Lena genervt zurück. „Ich habe soeben den Tod eines fünfzehnjährigen Mädchens verschuldet. Das ist ein beschissenes Gefühl.“

„Was ist denn passiert“, wollte Jan wissen.

„Ich mag jetzt nicht reden. Zuhause vielleicht. Ich muss Schluss machen. Wir sind auf dem Weg zum Flugzeug. Wir kommen nach Hause.“ Lena wollte auflegen, aber Jan sagte schnell: „Ich hole euch ab. Wann seid ihr in Zürich?“

„Keine Ahnung“, antwortete Lena. „Aber du wirst uns schon finden.“ Sie legte ohne Gruß auf.

Jan war verwirrt. Beatrice schaute ihn an und fragte: „Und, war sie's?“

„Ja“, antwortete er kurz angebunden und stand auf. Er ließ alles liegen und eilte hinaus.

Freitag, 2. Mai 2008, 21.55 Uhr

Jan hatte das halbe Dutzend Journalisten und Fotografen in der Ankunftshalle bemerkt. Er hatte sich zurückgezogen, damit sie ihn nicht erkennen konnten. Fieberhaft überlegte er, wie er Lena vor diesem Empfang bewahren konnte. Das war das Letzte, was sie jetzt gebrauchen konnte. Er sprach eine Polizeipatrouille an, die in der Halle auf und ab ging. Er erzählte den beiden Beamten vom Missgeschick ihrer Kollegin in Rom und den wartenden Journalisten. Der eine Beamte sprach daraufhin via Funkgerät mit seinem Vorgesetzten. Dem kam es offenbar gerade recht, die Journalisten zu versetzen. Er ordnete an, Lena und Ariane nach ihrer Ankunft in der Gepäckausgabe abzuholen und sie durch einen Personalausgang zu lotsen.

Lena und Ariane waren sehr erstaunt, als sie von den Beamten angesprochen wurden. Sie folgten ihnen durch einige Gänge zu einem Personalausgang. Dort wartete Jan auf sie. Er nahm Lena in die Arme. Aber sie wirkte abweisend und fremd. Sie sagte: „Danke, dass du gekommen bist. Aber du brauchst nicht extra nach Bern zu fahren. Andreas ist schon unterwegs."

Ariane war gerade dabei, ihren Mann anzurufen, der inzwischen mit beiden Töchtern auch in der Ankunftshalle eingetroffen war und besorgt die wartenden Journalisten betrachtete.

„Ariane, wo seid ihr?", fragte er. „Kommt ja nicht durch den offiziellen Ausgang. Ihr werdet von Presse und Fernsehen erwartet."

„Wir sind bereits an ihnen vorbeigelotst worden. Wo hast du den Wagen?"

„Im Parkhaus 4“, antwortete Andreas Martinez überrascht. „Im fünften Stock.“

„Okay, dann treffen wir uns dort beim Aufzug“, sagte Ariane und legte auf.

Jan hatte angeboten, die Nacht mit ihr in Bern zu verbringen. Aber Lena wollte nicht. Sie lächelte und sagte: „Nein, Jan. Das ist lieb, aber das sollst du nicht. Ich werde Jenny bitten, bei mir zu übernachten. Wir sehen uns morgen Abend.“

Sie küsste ihn flüchtig auf den Mund und ging dann mit Ariane hinüber zu den Aufzügen der Parkhäuser. Jan stand da und verstand die Welt nicht mehr.

Er fuhr zurück ins Büro und warf sich in seinen Stuhl. Beatrice schaute ihn fragend an. Jan lächelte sie an und fragte: „Willst du heute mit mir ausgehen?“

Beatrice runzelte die Stirn und fragte zurück: „Was ist schief gelaufen?“

Samstag, 3. Mai 2008, 00.35 Uhr

Andreas hatte Lena zuhause abgesetzt. Jenny öffnete ihr die Türe und nahm sie in den Arm. Sie gingen wortlos ins Wohnzimmer. Lena ließ sich in einen Sessel fallen und sagte: „Danke, dass du da bist."

„Das ist doch selbstverständlich, Mam", antwortete Jenny.

„Nein, ist es nicht", sagte Lena und dachte daran, dass Jenny noch vor Weihnachten ihren Rucksack packen und für ein Jahr durch die Welt trampen würde.

„Was ist denn genau geschehen in Rom?", fragte Jenny.

Lena atmete tief durch und dann sprudelte die ganze schreckliche Geschichte aus ihr heraus. Sie musste mehrmals unterbrechen, weil ihre Stimme versagte. Die Tränen liefen ihr über das Gesicht. Sie wischte sich mit der Hand über die Augen und verschmierte die Wimperntusche und den Kajal über das ganze Gesicht. Sie sah bemitleidenswert aus. Und so fühlte sie sich auch.

„Warum muss ausgerechnet mir das passieren?", sagte sie. „Als ob ich nicht schon genug mit Toten zu tun hätte."

„Gib dir nicht die Schuld dafür, Mam, du hast das Mädchen nicht auf die Gleise gestoßen. Auch der Mann, mit dem es zusammengeprallt ist, auch der kann nichts dafür. Das war Schicksal."

„Wenn ich sie hätte laufen lassen, dann würde sie noch leben", entgegnete Lena.

„Du wolltest doch nur, dass sie nicht ungeschoren davonkommt. Sie wollte dich bestehlen."

„Ja, das ist es ja", rief Lena. „Ich kann die Polizistin nicht einmal im Urlaub ablegen. Jemand anderes hätte sie einfach aus dem Zug geworfen. Ich aber wollte sie der Polizei übergeben. Und was hätte das gebracht? Wahrscheinlich nichts. Denn die Carabinieri drücken doch offensichtlich seit Jahren beide Augen zu, was die Diebstähle in der U-Bahn betrifft."

„Möchtest du einen Kaffee?", fragte Jenny.

„Nein, lieber einen beruhigenden Kräutertee", antwortete Lena. Während Jenny in der Küche hantierte, sagte Lena: „Ihr Bruder hat Rache geschworen und mir mit dem Tod gedroht."

„Und wie ernst ist das zu nehmen?", fragte Jenny besorgt. „Vielleicht hat er das nur so dahergesagt. Er stand bestimmt unter Schock."

„Commissario Catti meinte, ich dürfe die Drohung nicht auf die leichte Schulter nehmen. Möglicherweise würden die Roma so etwas wie Blutrache kennen."

„Wissen die denn, wo du herkommst?"

„Morgen wird es in allen Zeitungen stehen", sagte Lena. „Für die Pressefritzen ist das ein gefundenes Fressen. Ich sehe schon die Schlagzeilen: *Berner Kommissarin treibt Kind vor den Zug.*"

„Aber Jan kann das vielleicht verhindern", entgegnete Jenny.

„Jan?", sagte Lena mit einem bitteren Lächeln. „Jan lebt genau von solchen Ereignissen. Du kannst darauf wetten, dass er nicht verhindern wird, dass auch sein Blatt morgen davon berichtet."

„Das glaub ich nicht. Jan ist doch in Ordnung", protestierte Jenny.

„Wir werden es sehen", antwortete Lena.

„Vielleicht solltet ihr beide den Beruf wechseln", sagte Jenny und stellte Lena eine dampfende Tasse Kräutertee auf das Sofatischchen.

„Wenn das so weitergeht, wie es in den letzten zwei Jahren gelaufen ist, dann werde ich mir das ernsthaft überlegen, Jenny“, antwortete Lena und zog ihre Tochter zu sich auf den Sessel.

Samstag, 3. Mai 2008, 18.45 Uhr

Jan hatte den Artikel selber geschrieben. Jenny hatte Lena die Zeitung vom Kiosk gebracht. Er schrieb in einem kurzen Beitrag am Rand:

Junge Diebin in Rom von U-Bahn überrollt

Rom. *Eine junge Roma ist in der U-Bahnstation „Spagna" nach einem missglückten Raubversuch auf der Flucht gestolpert und direkt vor einen einfahrenden Zug auf das Gleis gefallen. Sie wurde dabei tödlich verletzt. Bei der unerschrockenen Frau, welche die Diebin verfolgt hatte, handelt es sich um eine Schweizer Polizeikommissarin, die in Rom einige Urlaubstage verbringen wollte. Sie trifft keine Schuld, was den tragischen Ausgang der Geschichte betrifft.*

Er hatte die Sache also selber in die Hand genommen, um größeren Schaden zu verhindern. Das war zumindest anständig. Darin waren sich Lena und Jenny einig gewesen.

Am späteren Nachmittag hatte Jan angerufen und erklärt, dass er dieses Wochenende gerne in Zürich bleiben würde, außer Lena würde seine Anwesenheit dringend brauchen.

Aber ihr kam gerade recht, dass er beleidigt war und wegbleiben wollte. Sie zog es auch vor, allein zu sein und über alles gründlich nachzudenken.

Lena dankte ihm für den fairen Artikel und wünschte ihm ein schönes Wochenende. Dann legte sie auf. Sie war sich nicht sicher, ob sie ihn wirklich liebte.

Jenny war nach Hause gegangen. Sie wohnte jetzt mit

Sybille zusammen. Die beiden wollten am Abend gemeinsam etwas unternehmen.

Ariane hatte sie für Sonntag zum Essen eingeladen. Lena hatte gerne zugesagt. Dann hatte Minder angerufen und nach ihrem Befinden gefragt. Das fand Lena nett. Nebenbei hatte er erwähnt, dass die gesamte Schweizer Presse nach ihr gefragt habe. Man habe aber alle Journalisten abgewimmelt. Lena profitierte davon, dass sie als Kommissarin in keinem Telefonbuch und auf keiner Internet-Adress-Datenbank zu finden war. Auch die meisten Nachbarn hatten keine Ahnung, was sie beruflich machte. Wenn also alle engeren Bekannten – und davon gab es gar nicht so viele – dicht hielten, dann hatte sie gute Chancen, unentdeckt und unbehelligt zu bleiben. Jedenfalls bis Mitte nächster Woche, in der sie wieder Dienst hatte. Bis dahin aber war vielleicht bei den Medien schon Gras über die Sache gewachsen.

Sie dachte kurz an die Brüder des toten Mädchens. Würden sie nach ihr suchen? Sie musste damit rechnen. Sie verdrängte die kurz aufkeimende Angst mit ihrer Gewissheit, dass sie auf einen möglichen Anschlag vorbereitet war. Sie musste nur die Augen offen halten, die Wohnungstür abschliessen, die Sicherheitskette vorlegen und nie unbewaffnet aus dem Haus gehen.

Sie würde allerdings auch so ihr Leben lang am Tod der jungen Frau leiden. Sie sah sie genau vor sich, ihre großen, dunklen und angsterfüllten Augen, fühlte immer wieder, wie sie sich aus ihrer Umklammerung gewunden und losgerissen hatte, um dann direkt dem Tod in die Arme zu laufen.

Lena entkorkte eine Flasche Weißwein und füllte sich ein

Glas. Dann setzte sie sich auf den Balkon und nahm ein Buch mit unbedruckten Seiten zur Hand. Sie war entschlossen, sich von jetzt an diesem Buch anzuvertrauen und alles aufzuschreiben, was sie bedrückte, aber auch, was sie glücklich machte.

Den ganzen Abend und bis tief in die Nacht hinein schrieb sie und trank fast die ganze Flasche Wein leer. Als sie sich gegen 3.00 Uhr ins Bett legte, ging es ihr besser. Sie hatte ihre Sorgen nun dem Buch übergeben und fühlte sich befreit.

„Armes Buch“, sagte sie und legte es auf das Nachttischchen. Dann ließ sie ihren Kopf in das kühle Kissen sinken und schlief ein.

Mittwoch, 7. Mai 2008, 08.00 Uhr

Als Lena am Mittwochmorgen ins Präsidium kam, war tatsächlich mediales Gras über den Vorfall in Rom gewachsen. Die Medien hatten sich längst auf andere Unglücksfälle gestürzt und schienen sie vergessen zu haben. Jedenfalls waren ab Dienstag keine Anrufe mehr eingegangen.

Höller hatte Lena auf den neusten Stand gebracht, was die aktuellen Fälle betraf.

Er erwähnte auch, dass Isabel Kissling sich noch nicht so richtig ins Team eingefügt hätte und dass Lena nach der Sitzung unbedingt mit ihr sprechen müsse. Immerhin sei die Probezeit nun bald abgelaufen und man müsse entscheiden, wie es weitergehen solle.

Die heutige Sitzung hatte ein einziges Thema: Die Fußball-Europameisterschaft.

Die Sicherheitsvorkehrungen für die EM 2008 nahm das gesamte Polizeikorps in Anspruch. Es brauchte unzählige Absprachen und Übungen. Lena ergriff das Wort: „In genau einem Monat wird es so weit sein. In Basel wird das Eröffnungsspiel zwischen der Schweiz und Tschechien angepfiffen. Am Montag, dem 9. Juni wird es dann auch in Bern losgehen. Die Holländer werden im Stade de Suisse das Schlagerspiel gegen Italien austragen. Zehntausende Oranjes und Zehntausende Tifosi werden zu diesem Spiel in Bern erwartet. Der größte Teil dieser Fans reist ohne Eintrittskarte an und wird sich das Spiel zusammen mit Zehntausenden von Schweizern auf Großleinwänden in den Public Viewing Zones der Berner Altstadt ansehen. Das Gewaltpotential einer solchen Ballung von weit über hunderttausend Menschen in der relativ kleinen Altstadt birgt nur schwer einzuschätzende Risiken. Es geht also darum, auf möglichst alle Eventualitäten, inklusive eines Terroranschlages, vorbereitet zu sein."

Sie gingen eine Checklist durch, die ihnen von der Münchner Polizei zugeschickt worden war. Die Münchner hatten ihre Erfahrungen anlässlich der WM freundlicherweise den schweizer und österreichischen Austragungsorten zur Verfügung gestellt. Die Sitzung dauerte fast zwei Stunden. Am Schluss gingen sie alle auseinander. Lena blieb allein im kleinen Sitzungsraum zurück. Niemand hatte den Vorfall in Rom erwähnt. Wollte man sie schonen oder betrachteten sie ihn als Bagatelle? Oder wollte man ihr vielleicht zu verstehen geben, dass man ihr Verhalten missbilligte?

Lena raffte ihre Papiere zusammen und ging schnurstracks zum Büro von Ursula Bommer, der Polizeipsychologin, einen Stock tiefer. Sie klopfte an. Von drinnen rief jemand: „Ja?"

Lena trat ein und sagte: „Guten Morgen Ursula. Ich brauche einen Termin. Ich muss reden."

Ursula Bommer lächelte sie an und antwortete: „Es freut mich, dass du selber kommst. Damit habe ich nicht unbedingt gerechnet. Setz dich doch bitte hin. Darf ich dir etwas anbieten?"

„Einen Kräutertee, falls du so etwas hast", sagte Lena und setzte sich erleichtert auf einen der gemütlichen Stühle.

Mittwoch, 7. Mai 2008, 14.00 Uhr

Erst nach Mittag bat sie Isabel Kissling in ihr Büro. Sie ließ sie Platz nehmen und kam gleich zur Sache: „Isabel, ich wollte dich fragen, wie du dich bei uns eingelebt hast. Du weißt, die Probezeit läuft nun bald ab und …"

Isabel Kissling fiel ihr ins Wort: „Okay, ich weiß, worum es geht. Ihr denkt darüber nach, meinen Vertrag aufzulösen. Aber ich möchte dir eines sagen, Lena. Mir gefällt es ganz gut bei euch. Mit Andreas und Jonas komme ich auch klar. Nur Birgit und Reinhard kann ich einfach nichts recht machen. Sie haben mich auf dem Kieker."

„Du siehst das also als etwas Persönliches?", fragte Lena nach.

„Birgit mag mich nicht, das zeigt sie unmissverständlich", antwortete Isabel. „Bei Reinhard bin ich mir nicht sicher. Dort hat es vielleicht mit meinem Arbeitsstil zu tun."

„Was hat er denn dir gegenüber bemängelt?", wollte Lena wissen.

„Das ist es ja. Wenn er nicht zufrieden ist, dann sagt er einfach nichts mehr. Ich weiß dann überhaupt nicht mehr, was ich tun soll."

„Das kann ich gut verstehen", sagte Lena. „Das müssen wir gemeinsam besprechen."

„Ich wurde auch nie von jemandem in eure Abläufe eingeführt", beklagte sich Isabel. „Du hast Reinhard damals damit beauftragt. Aber er hat vor allem mit sich selber zu tun, was ja auch verständlich ist."

„Du hast völlig recht. Es ist eigentlich meine Aufgabe, dich ins Team einzuführen. Ich werde das ab sofort übernehmen und dich unter meine Fittiche nehmen. Aber die Geschichte mit Birgit macht mir Sorgen."

Lena konnte sich gut vorstellen, dass Birgit Isabel nicht mochte. Vielleicht gerade weil sie auf Frauen stand, konnte Birgit das blonde Püppchen nicht ausstehen. Aber im Polizeidienst kamen gerade solche Frauen bei Männern oft weiter.

„Ich möchte gerne dazugehören. Die Arbeit ist spannend und der Teamgeist ist, zumindest unter euch anderen, wirklich super", unterbrach Isabel die Stille.

Lena traf eine Entscheidung: „Dann machen wir das so: Deine Probezeit wird um einen Monat verlängert und ich weiche nicht von deiner Seite. Zusammen kriegen wir das schon irgendwie hin. Und Birgit lass meine Sorge sein."

„Ich danke dir, Lena", sagte Isabel. „Du kannst auf mich zählen."

Zweiter Teil: **Anpfiff**

Donnerstag, 5. Juni 2008, 10.30 Uhr

Endlich waren sie in Bern eingetroffen. Ein kurzer Konvoi von fünf Campern bog in den kleinen Parkplatz am Kopf der Lorrainebrücke ein.

Der Parkplatz war von der Polizei für sie reserviert worden. Zehn Frauen in fünf Wohnmobilen, welche während der EM 2008 die lokalen Prostituierten unterstützen und die sexuellen Bedürfnisse der unzähligen Fans gegen Bares befriedigen helfen sollten. So hatte der Stadtrat von Bern beschlossen. Das hatte Istvan jedenfalls behauptet. Ilka konnte es nicht glauben. Als sie jetzt aber ein Polizist auf den Parkplatz einwies und ein zweiter sie freundlich begrüßte, da waren auch ihre Zweifel verflogen. Sie würden hier ganz legal arbeiten, auf der Basis der bilateralen Abkommen zwischen der Schweiz und der EU.

Nur etwas an der Sache gefiel ihr ganz und gar nicht. Istvan hatte ihr zusammen mit Eleni einen der Wohnwagen zugeteilt. Er behandelte sie wie eine gewöhnliche Hure und erwartete offensichtlich von ihr, dass sie, wie alle anderen Mädchen, anschaffte. Damit hatte sie nicht gerechnet.

Als Istvan, der bereits vor Ort gewartet hatte, zu ihrem Wagen trat, fragte sie unschuldig: „Und wir beide, in welchem Hotel steigen wir ab?"

Er schaute sie überrascht an, dann lachte er los. Er schüttelte den Kopf und sagte: „Du verstehst da etwas falsch. Ich werde im Hotel ‚Novotel' wohnen. Du aber wirst hier deinen Arsch verkaufen. Er ist schön straff und bringt viel Kohle. Wenn ich Sehnsucht nach dir habe, werde ich es dich wissen lassen."

Damit machte er auf dem Absatz kehrt und ging zu seinem Maserati.

Ilka umklammerte krampfhaft das Lenkrad und hatte plötzlich schreckliche Angst.

Eleni neben ihr musterte sie und lächelte schadenfroh.

Samstag, 7. Juni 2008, 20.15 Uhr

Höller schaltete den Fernseher aus. Zusammen mit Martinez hatte er sich im Bereitschaftsraum das Eröffnungsspiel in Basel angesehen. Die Schweiz hatte gegen Tschechien unglücklich 0:1 gespielt und zum Schrecken der gesamten Nation auch noch ihren Topstürmer Alex Frei durch erneute Verletzung seines lädierten Knies verloren.

Höller und Martinez blickten sich enttäuscht an. Sie waren alleine im Raum gewesen. Die Bereitschaftspolizisten waren alle unterwegs, denn inzwischen trafen die holländischen Fans ein. Die ganze Innenstadt war bereits orange. Es wurden Unmengen Bier konsumiert. Allerdings war die Stimmung, von einigen Scharmützeln abgesehen, friedlich. Ein Volksfest, wie es Bern noch nie erlebt hatte, nahm seinen Anfang.

Unter den Angereisten befanden sich auch einige Tausend Italiener, die mit Reisebussen oder Sonderzügen anreisten. In den überfüllten Zügen wurden kaum Personenkontrollen durchgeführt. So fielen auch die beiden Roma nicht auf, die in Shirts der italienischen Nationalelf mit dem Zug aus Rom in Bern eintrafen und sich erstmal einen Schlafplatz unter einer der hohen Brücken über der Aare suchten.

Montag, 9. Juni 2008, 22.15 Uhr

Ilka war verzweifelt. In den letzten sechsunddreißig Stunden hatte sie zwei Dutzend Freier bedienen müssen. Die meisten hatten übel nach Alkohol und Schweiß gerochen, einige waren grob gewesen und hatten ihr, trotz Gleitmittel, Schmerzen zugefügt.

Ausnahmslos allen diesen Hirnamputierten hatte sie klar machen müssen, dass es bei ihr und Eleni nur Safer Sex gab. Zum Glück hatten einige darauf das Wohnmobil wieder verlassen.

Ilka fühlte sich erniedrigt und entmenschlicht. Sie war in wenigen Stunden zu einer Ware geworden, wie alle anderen Mädchen auch. Sie hielt es kaum noch aus. Während Eleni sich mit Kokain und Alkohol in Stimmung hielt und alles relativ gelassen zu nehmen schien, suchte Ilka verzweifelt nach einem Schlupfloch, um der Sache zu entkommen.

Schließlich hielt sie es nicht mehr aus und tat, was nur für den äußersten Notfall vereinbart war. Sie rief mit ihrem Mobiltelefon die Geheimnummer an.

„Ja", meldete sich jemand am anderen Ende.

„Ihr müsst mich rausholen", sagte Ilka mit gedämpfter Stimme.

„Das geht nicht", antwortete die Person am anderen Ende.

„Es ist aus dem Ruder gelaufen", flüsterte Ilka. „Ich kann nicht mehr."

„Was ist passiert?", wollte die Person wissen.

„Er lässt mich anschaffen. Das war nicht vorgesehen."

„Damit mussten wir rechnen", sagte die Stimme am anderen Ende kalt.

„Nein, ich steige aus", entgegnete Ilka.

„Dafür ist es jetzt zu spät. Sie müssen durchhalten."

„Ich schaffe das nicht", erklärte sie den Tränen nahe. „Ich gehe zur Polizei und verlange Schutz ..."

„Was willst du?", schrie Istvan, der plötzlich hinter ihr stand und sie an den Haaren packte. „Zur Polizei willst du? Hast du kleine, dreckige Hure vergessen, wer dich aus der Gosse geholt hat?" Er riss sie herum, das Mobiltelefon fiel zu Boden. Istvan schlug ihr mit der flachen Hand ins Gesicht. Ilka schrie auf. Er schlug mit Fäusten auf sie ein und brüllte sie an: „Ich werde dir zeigen, was es heißt, sich mir entgegenzustellen, du undankbare, miese, kleine Schlampe."

Ilka fühlte, wie zwei Zähne in ihrem Unterkiefer nachgaben. Ein warmer Schwall füllte ihren Mund. Sie spuckte das Blut aus und traf sein weißes Hemd. Istvan rastete völlig aus. Er würgte sie, bis sie die Besinnung fast verlor. An den Haaren riss er sie aus dem Wagen und über den Parkplatz in Richtung der Bäume am anderen Ende. Ilka, dem Zusammenbruch nahe, knickte ein und ging auf die Knie, aber er riss sie wieder hoch, schleifte sie hinüber in die Dunkelheit der Bäume. Die aufgeplatzte Lippe fühlte sich taub an, der Kopf dröhnte. Sie konnte Istvan nicht hören, sah nur seine wutentbrannten Augen und die Schweißperlen auf seiner Stirn, als er über ihr war und ihr den Hals zudrückte. Dann wurde alles schwarz.

Montag, 9. Juni 2008, 22.22 Uhr

Reinhard, Lena und Isabel schauten sich das Spiel auf einem der zahlreichen Bildschirme in der Neuengasse an, die von den Restaurants auf der Gasse montiert worden waren. Gut hunderttausend Holländer und einige Tausend Italiener hatten zusammen mit der Berner Bevölkerung ein gigantisches Volksfest in Orange veranstaltet. Bern war im Ausnahmezustand und sie mitten drin.

Holland führte kurz vor Schluss souverän mit 3:0, was den Jubel der Fans ins Grenzenlose anschwellen ließ. Die italienischen Fans waren gedrückter Stimmung, nahmen die Niederlage aber sportlich fair und feierten mit den Holländern.

Nur zwei italienischen Fans war die Niederlage egal. Sie strichen in der Nähe des Polizeihauptquartiers herum und hielten Ausschau nach der Kommissarin, die ihre kleine Schwester in den Tod getrieben hatte.

Lena telefonierte mit Jan, der ins Telefon schrie, dass er irgendwo in Bern unterwegs sei, und fragte, ob er bei Lena übernachten dürfe. Sie wollte gerade zustimmen, als Höllers Mobiltelefon aufleuchtete und sich auf dem Stehtischchen in Bewegung setzte. Er griff danach und meldete sich.

„Ihr müsst zur Lorrainebrücke zu den Wohnmobilen. Jemand hat angerufen, dass dort eines der Mädchen von einem Zuhälter umgebracht wird“, sagte die Beamtin von der Zentrale.

„Wie bitte?“, fragte Höller. Auch er musste schreien wegen des Lärms rundherum. „Hast du denn nicht die Bereitschaftspolizei alarmiert?“

„Doch hab ich“, antwortete sie. „Aber da sie vielleicht

jetzt schon tot ist, hab ich mir gedacht, ich schick euch auch gleich hin."

„Okay, wir schauen uns das vor Ort an", sagte Höller und legte kopfschüttelnd auf.

Lena, die Jan in eine Warteposition gedrückt hatte, fragte: „Was ist los?"

Höller antwortete: „Vielleicht ist eines der Mädchen bei der Lorrainebrücke getötet worden."

„Vielleicht?", fragte Lena irritiert.

„Ja, vielleicht", antwortete Höller. „Jemand will das beobachtet haben. Also, kommt ihr?"

„Moment", entgegnete Lena und nahm das Gespräch mit Jan wieder auf: „Ich weiß nicht, ob ich nach Hause komme. Aber du kannst gern bei mir schlafen. Einen Schlüssel hast du ja. Bis später." Damit beendete sie das Gespräch.

Sie kämpften sich mühsam durch das Gedränge. Heute würde es schneller gehen, den Tatort zu Fuß zu erreichen.

Montag, 9. Juni 2008, 22.30 Uhr

Als Istvan aus der Dunkelheit am Ende des Parkplatzes zurückgekommen und mit seinem Maserati davongebraust war, hatte Eleni gewusst, dass er Ilka umgebracht hatte. In Panik rannte sie zu den Bäumen, wo sie auf Ilkas Leiche stieß. Sie zitterte am ganzen Leib, während sie auf die tote Ilka starrte. Sie sog in immer kürzeren Abständen Luft ein und gab heisere Laute von sich.

Sie fasste einen Entschluss und setzte sie sich in Bewegung. Aber nicht zurück zum Wohnmobil, sondern in Richtung Abhang. Sie brach durch die Bäume und Sträucher und stand plötzlich auf einem steil abfallenden Weg.

Eleni hatte ihre Schuhe in der linken Hand, als sie den Abhang hinunterstolperte.

Sie hatte mehrere schmerzhafte Fehltritte gemacht und versuchte mit schlotternden Knien, den Weg unten an der Aare, den sie im Mondlicht erkennen konnte, zu erreichen.

Die beiden Männer, die unter der Brücke ihre Decken ausrollten und es sich für die Nacht gemütlich machen wollten, staunten nicht schlecht, als aus der Dunkelheit eine Frau mit ihren Schuhen in der Hand direkt auf sie zu hinkte.

„Komm her, wir geben dir warm“, rief ihr Janci Kaleja auf Rumänisch zu.

Die Frau erstarrte und blieb einen Augenblick stehen. Dann gab sie sich einen Ruck und beeilte sich, den Weg zu erreichen. Der Mann, der gesprochen hatte, rannte ihr hinterher und wollte sie einfangen. Aber sein Bruder Kalo Kaleja pfiff ihn zurück, worauf er widerwillig von der Frau abließ und zum Lagerplatz zurückkehrte.

Eleni ging unter der hohen Brücke durch und marschierte

barfuß den Fluss entlang, bis sie auf Häuser stieß und links ein Restaurant mit einer Open-Air-Bar auftauchte. Dort waren viele Leute, die sich angeheitert unterhielten. Die meisten trugen orange Shirts. Sie schlüpfte in ihre Schuhe, fuhr sich ein paar Mal durch die Haare und mischte sich dann unter das Party-Volk.

Montag, 9. Juni 2008, 23.00 Uhr

Sie hatten den ganzen Parkplatz abgesperrt. Die Leiche der jungen Frau hatten sie im Gehölz zum Abhang hin entdeckt. Sie lag auf dem Rücken. Ihre Augen waren weit aufgerissen, ihr blutiger Mund stand offen. Einige Zähne fehlten. Die verfärbten Druckstellen an ihrem Hals deuteten darauf hin, dass sie erwürgt worden war.

Lena beugte sich über die Frau und zog sich Latexhandschuhe über. Sie untersuchte die Innenseiten der Oberschenkel und hob kurz ihren Minirock hoch. Die Frau trug Unterwäsche. Es gab auf den ersten Blick keine Spuren von Sperma oder sexuell motivierter Gewaltanwendung. Einen ihrer hochhackigen Schuhe hatte die Frau offenbar verloren. Ein Beamter hatte ihn zwischen ihrem Wohnmobil und der Stelle entdeckt, wo man sie gefunden hatte. Lena gab den Leuten von der Spurensicherung, die inzwischen eingetroffen waren, grünes Licht und begab sich in Begleitung von Isabel hinüber zu den Wohnmobilen.

Höller hatte in einem Streifenfahrzeug bereits mit den Befragungen begonnen. Das heißt, er versuchte es. Aber keine der jungen Frauen konnte ein Wort Deutsch. Lena und Isabel setzten sich auf den Rücksitz des Wagens und hörten einen Moment zu. Dann versuchte Lena es auf Englisch. Doch die junge Frau schüttelte nur den Kopf und zuckte mit den Schultern.

Eine nach der anderen wurde zum Fahrzeug gebracht und nahm auf dem Nebensitz Platz. Keine einzige von ihnen wollte etwas verstehen. Sie hatten aber alle einen Pass vorzuweisen. Drei Ungarinnen, zwei Slowakinnen, zwei Tschechinnen und eine Ukrainerin. Insgesamt waren es acht Frauen.

Ein Polizist trat zum Wagen und öffnete die Tür: „Wir haben fünf Wohnmobile. In vier davon hausen je zwei Frauen. Im fünften, dem vordersten hier, ist niemand. Wir haben aber einen Pass gefunden. Er lautet auf Ilka Horvat. Sie kommt aus Györ in Ungarn."

Er reichte Lena den Pass, die ihn ins Licht hielt und das Foto studierte.

„Das ist eindeutig unsere Tote", sagte sie und gab den Pass an Isabel weiter.

„Wenn in jedem Wohnmobil zwei Frauen untergebracht sind, dann fehlt im vordersten Wagen eine", bemerkte Isabel.

„In diesem Fall müssen wir davon ausgehen, dass sie entweder getürmt ist oder dass der Mörder sie verschleppt hat", meinte sie.

„Vielleicht wurde sie auch ermordet", gab Höller zu bedenken.

Lena wandte sich an die Ungarin, die bei ihnen im Wagen saß.

„That woman", sie deutete auf das Bild im Pass und danach auf das Wohnmobil. „She lives in this trailer?"

Die Frau schien zu verstehen. Sie nickte heftig mit dem Kopf. Lena fragte weiter: „Is there another woman?"

Die Frau schien nicht zu verstehen. Lena nahm die Finger zu Hilfe. „In this trailer, one, two woman?"

Jetzt fiel der Groschen. Die Frau nickte und antwortete: „Two girls in this trailer."

Lena wandte sich an Höller: „Sucht das Gehölz und den Abhang zur Aare hin nach der Frau oder nach Spuren ab."

Sie fasste die Ungarin an der Schulter und fragte: „Name of second woman?"

Die Frau antwortete verwirrt: „Ilka."

Lena schüttelte den Kopf „No, other woman.“

„Eleni“, antwortete die junge Frau.

„Eleni, where?“, fragte Lena und beschrieb mit dem Arm eine suchende Geste.

Die Frau zuckte mit den Schultern und antwortet etwas auf Ungarisch.

„Wir müssen diese Frau finden. Wo ist eigentlich der Zeuge, der angerufen hat?“, fragte Lena.

„Eine Frau“, antwortete der Polizist. „Sie steht da drüben bei meiner Kollegin.“

„Okay, ich werde jetzt mit ihr sprechen. Reinhard, du organisierst die Bewachung der Mädchen und sorgst dafür, dass sie morgen um 9.00 Uhr im Präsidium sind. Für heute gibt es keine Freier mehr. Und besorg uns zu diesem Zeitpunkt mindestens einen Dolmetscher, der Ungarisch spricht. Komm Isabel, wir unterhalten uns mit der Zeugin.“

Montag, 9. Juni 2008, 23.40 Uhr

„Er hat sie geschlagen, getreten und an den Haaren über den Parkplatz zu den Bäumen gezerrt. Sie hat geschrien. Dann habe ich die Notrufnummer gewählt und die Sache gemeldet."

Lena fragte: „Und was ist danach geschehen?"

Die Zeugin erzählte: „Ich habe die beiden schreien gehört. Dann wurde es plötzlich ganz ruhig. Nach etwa einer Minute trat er aus dem Schatten heraus und eilte zu seinem Wagen. Er hat sich reingesetzt und ist davongebraust."

„Und was haben Sie gemacht?", fragte Lena weiter.

„Ich bin hier stehen geblieben und habe auf euch gewartet."

„Warum sind Sie denn nicht hinübergegangen und haben nach der Frau geschaut. Vielleicht hätte sie Hilfe gebraucht."

„Sie ist doch tot!", sagte die Frau halblaut. „Ich hätte doch nichts mehr für sie tun können. Im Übrigen war da die andere Frau."

„Was für eine andere Frau?" Lena war plötzlich hellwach.

„Die andere Frau aus dem Wohnmobil. Sie ist zum Gehölz geeilt, nachdem der Mann weggefahren war", erzählte die Frau.

„Wir haben aber keine andere Frau dort vorgefunden", stellte Lena fest.

„Ist sie denn zurückgekommen?", fragte Isabel.

„Nein, ist sie nicht", antwortete die Frau. „Kurz danach ist bereits der erste Streifenwagen eingetroffen und ich hab eure Leute auf das Gehölz aufmerksam gemacht. Sie hätte noch dort sein müssen."

Lena schickte Isabel mit dieser Neuigkeit zu Höller, der gerade dabei war, die Beamten und die inzwischen ebenfalls eingetroffenen Andreas Martinez und Birgit Möller zu instruieren.

Mit Stablampen verschwanden sie alle im Gehölz, um den Abhang zur Aare hin abzusuchen.

Montag, 9. Juni 2008, 23.55 Uhr

Kalo und Janci Kaleja hatten sich kaum in ihre Decken eingewickelt, als sie die Lichtkegel mehrerer Taschenlampen zwischen den Baumstämmen bemerkten, die sich direkt auf sie zu bewegten. Sie fuhren hoch. Eilig rafften sie all ihre Habseligkeiten zusammen und flohen in die Büsche, wo sie sich nahe an einem Brückenpfeiler so gut wie möglich tarnten und versteckten. Sie konnten hören, wie in der ihnen fremden Sprache aufgeregt diskutiert wurde. Bald aber entfernten sich die einen Stimmen wieder nach oben, die anderen gingen zum Weg am Fluss hinunter. Dort teilten sie sich auf. Die einen gingen flussaufwärts Richtung Stadtzentrum, die anderen flussabwärts. Bald verloren sich die Stimmen.

Die Brüder aber blieben in ihrem Versteck. Sie richteten sich dort ein, so gut es ging. In eine Decke gewickelt, verbrachten sie die Nacht halb sitzend an den Brückenpfeiler gelehnt. Sie wurden zwar bald vom Schlaf übermannt; die unbequeme Haltung sorgte aber dafür, dass sie immer wieder mit schmerzenden Gliedern aufwachten und sich neu positionieren mussten.

Die Flasche Schnaps, die sie bei sich hatten, leistete in dieser Nacht gute Dienste.

Dienstag, 10. Juni 2008, 07.30 Uhr

Die Maschine nach Moskau hob pünktlich in Zürich ab. Der rumänische Diplomat Sergiu Iliescu war ohne Probleme durch die Passkontrolle gekommen. In Moskau würde er eine halbe Stunde Aufenthalt haben. Dann würde er nach Bukarest weiterfliegen, wo er um die Mittagszeit im Außenministerium erwartet wurde.

Seinen Aktenkoffer hatte er auf den freien Nebensitz gelegt. Er öffnete ihn und entnahm ihm seine Agenda. Er blätterte zum Juni und studierte die Einträge.

Am Dienstag, den 17. Juni hatte er mit rotem Stift eingetragen: *Bern, Holland-Rumänien.*

Mit einem Kugelschreiber kreiste er den Eintrag ein und nahm sich vor, für diesen Tag einen Termin mit einem Spitzenbeamten des Außenwirtschaftsdepartements in Bern zu vereinbaren. Zufrieden lehnte er sich zurück und blickte aus dem Fenster. Ein Flusslauf glänzte in der Sonne und eine größere Stadt war zu erkennen. Mit der Hand strich er sich über das frisch rasierte Kinn. Sie mussten sich irgendwo über Deutschland befinden.

In diesem Augenblick trat die Flugbegleiterin an seine Sitzreihe, überreichte ihm das Tablett mit dem Frühstück und fragte. „Do you like coffee?“

„Yes, please“, antwortete Sergiu Iliescu mit einem charmanten Lächeln.

Dienstag, 10. Juni 2008, 08.55 Uhr

Jan war nicht in ihrer Wohnung gewesen, als Lena um 2.00 Uhr nach Hause gekommen war. Entweder war er nach Zürich zurückgefahren oder er hatte ein Hotel vorgezogen. Sie konnte es ihm nicht verübeln, nachdem sie ihn am Telefon so abgefertigt hatte. Eigentlich war sie ja auch froh darüber, dass er nicht auf sie gewartet hatte.

Die Presse hatte den Fall bereits auf den Titelseiten. Auch Jan hatte darüber geschrieben. Erstmals, seit sie zusammen waren, ohne sie davor zu kontaktieren. In den Artikeln wurden Prostituierte zitiert, die gesagt hatten, dass ein gewisser Kovac und Ilka so etwas wie ein Paar gewesen waren und, dass er sie umgebracht habe. Offenbar hatten die Journalisten einen unter sich, der Ungarisch oder eine der anderen Ostsprachen konnte. Auch da war ihnen die Presse voraus.

Die Sitzung hatte nichts Neues gebracht. Ilka Horvat war eine Prostituierte aus Györ in Ungarn. Sie wurde, gemäß Aussage einer Zeugin, aus ihrem Wohnmobil gezerrt, geschlagen und in ein Gebüsch am Rande des Parkplatzes geschleift. Dort wurde sie erwürgt. Aller Wahrscheinlichkeit nach war der Täter ihr Zuhälter, Istvan Kovac aus Budapest, mit dem die Behörden der Stadt Bern die Standortvereinbarung getroffen hatten, und der seit gestern Abend spurlos verschwunden war. Jedenfalls war sein Maserati sowohl der Zeugin, die ihn wegfahren sah, als auch den Polizeibeamten, die tags zuvor die Wohnmobile auf den Standplatz eingewiesen hatten, aufgefallen.

Auch die zweite Frau aus dem Wohnmobil, welche – ebenfalls laut der Zeugin – dem Opfer nach der Flucht des Täters zu Hilfe geeilt war, blieb verschwunden.

Die Spuren zeigten, dass die Frau mit an Sicherheit grenzender Wahrscheinlichkeit den Abhang zur Aare hinunter geflüchtet war. Auf dem Uferweg hatte sich ihre Spur verloren.

Die anderen acht Frauen waren inzwischen ins Präsidium gebracht worden und sollten einzeln zu den Ereignissen auf dem Parkplatz und zu ihrer Anwerbung befragt werden.

Draußen auf dem Flur wartete bereits der Dolmetscher. Ein ungarischer Flüchtling, der 1956 seine Heimat hatte verlassen müssen und inzwischen in der Schweiz eingebürgert worden war. Höller hatte ihn über einen Kollegen kontaktiert, der mit dem Mann Volleyball gespielt hatte. Sein Name war Miklos Bartòk. Der groß gewachsene ältere Herr schüttelte Lena und Isabel zur Begrüßung die Hand und deutete eine leichte Verbeugung an.

Lena bat ihn in eines der Verhörzimmer und erklärte ihm seine Aufgabe und den Ablauf der Befragungen. Er nickte und fragte mit einer angenehm tiefen Stimme: „Darf ich mir Notizen machen?“

„Selbstverständlich“, antwortete Lena. „Darf ich Ihnen Kaffee oder sonst ein Getränk anbieten?“

„Ich nehme sehr gerne einen Kaffee und ein Glas Wasser, wenn sich das einrichten lässt“, antwortete Miklos Bartòk.

Lena schaute Isabel an und raunte ihr beim Hinausgehen zu: „Nimm für den Kaffee eine Tasse mit Unterteller und keinen Becher.“

„Geht klar“, antwortete Isabel Kissling mit einem säuerlichen Lächeln.

Dienstag, 10. Juni 2008, 11.30 Uhr

Die Befragungen dauerten drei Stunden. Bei der dritten Frau wusste Miklos Bartòk bereits, welche Fragen Lena und Isabel beantwortet haben wollten. Er führte das Gespräch praktisch allein und übersetzte den beiden, was die Frauen erzählten. Mit seiner eindrucksvollen und ruhigen Art schien er das Vertrauen der Frauen zu gewinnen. Sie erzählten bereitwillig und übereinstimmend, was sie mitbekommen hatten.

Der Ablauf der Ereignisse, so wie sie die Zeugin geschildert hatte, wurde von ihnen bestätigt. Darüber hinaus beschrieben sie Ilkas Rolle innerhalb der Gruppe als eine Art Vertraute, der man seine Probleme mitteilen konnte und die dann versuchte, Istvan Kovac dafür zu sensibilisieren. Sie konnte das, weil sie offenbar seine Freundin war. Ilka war in Budapest, bei der Zusammenführung der Gruppe, gleichzeitig so etwas wie seine Assistentin und Geliebte gewesen. Darum waren alle Frauen erstaunt gewesen, dass er sie hier in Bern wie alle anderen hatte anschaffen lassen. Auch Ilka hatte offenbar nicht damit gerechnet. Sie war verzweifelt gewesen und musste sich geweigert haben, weiterzumachen. Für die Frauen war der Fall klar. Ein mieser Kerl wie Istvan ließ sich das nicht bieten. Er hatte sie deswegen umgebracht. Damit mussten alle rechnen, die nicht kuschten, denn sie waren nichts als billige Hühner im Stall eines skrupellosen Zuhälters, der sie nur so lange durchfütterte, bis sie kein Geld mehr einbrachten.

Als die letzte Frau den Befragungsraum verlassen hatte, sagte Lena: „Ich verstehe einfach nicht, warum er sie umbringt, wenn sie nicht arbeiten will. Das widerspricht doch seinem Konzept. Wer nicht will, der wird gezwungen, gebrochen, unter Drogen gesetzt, aber doch nicht umgebracht. Kein Unternehmer vernichtet sein Kapital."

„Vergessen Sie nicht, dass zwischen den beiden mehr als eine rein geschäftliche Beziehung war. Sobald Emotionen im Spiel sind, läuft es oft anders", ließ sich Miklos Bartòk vernehmen.

Lena widersprach: „Aber genau deswegen bringt er sie doch nicht um. Ein Typ wie Kovac hat doch sofort ein anderes Mädchen zur Hand, das Ilka ersetzen kann."

„Da wäre ich mir nicht so sicher", mischte Isabel sich ein. „Extreme Gefühle wie Liebe und Hass liegen oft sehr nahe beieinander. Das zeigt sich doch bei vielen Tötungsdelikten."

„Das passt für mich alles nicht zusammen", widersprach Lena. „Da muss noch etwas anderes sein, was wir noch nicht wissen."

Dienstag, 10. Juni 2008, 12.30 Uhr

Das Team traf sich während der kurzen Mittagspause im Besprechungszimmer. „Der Mensch ist wirklich zu allem fähig“, sagte Lena. „Mord, Raub, Prostitution; er schreckt einfach vor nichts zurück, um seine Gier zu befriedigen.“

„Du triffst den Nagel auf den Kopf“, meinte Höller. „Es ist die unendliche menschliche Gier, die uns Arbeit verschafft. Die Gier nach Macht, Geld, Reichtum und Besitz lässt viele Menschen jeglichen Respekt verlieren.“

„Ja, und erstaunlicherweise nicht nur gegenüber den anderen, sondern auch sich selbst gegenüber“, warf Birgit Möller ein. „Wie könnten diese Frauen sich sonst auf diese Art prostituieren?“

„Der Grund hierfür dürfte aber nicht nur Geldgier sein“, gab Martinez zu bedenken, der an einem Sandwich kaute. „Diese Ostfrauen kämpfen doch ums nackte Überleben. Keine anständige Ausbildung, keine Aussicht auf einen Job, vielleicht sogar Kinder zuhause und ein abgehauener Ehemann. Solche Geschichten hört man doch immer wieder.“

„Ja, aber die Befragungen haben klar gezeigt, dass nicht alle dieser Frauen so naiv und ungebildet sind, wie man das vielleicht denken könnte“, entgegnete Lena. „Einige von ihnen haben sogar studiert und geben offen zu, dass sie die Aussicht auf das schnelle Geld dazu gebracht hat, hier während der EM ihren Körper zu verkaufen.“

„Wenn wir ehrlich sind, sind doch viele Menschen in diesen Tagen gierig auf das schnelle Geld“, schaltete sich Isabel in das Gespräch ein. „Dazu gehören auch die Betreiber der Wurstbuden und der Bierstände, aber auch die Anbieter der Fanartikel. Und ganz zuoberst in dieser gierigen Gesellschaft steht die UEFA, die an allem und jedem mitverdient und sich die Kassen schon fast unanständig füllt."

„Und die Spieler ihrerseits gieren nach Traumverträgen, die ihnen nach der EM noch höhere Millionengehälter garantieren", warf Höller ein.

„Nicht zu vergessen die Medien, die nach Sensationen lechzen und sich insgeheim vielleicht sogar den im Vorfeld angekündigten Terroranschlag herbeiwünschen", ereiferte sich Jonas Keller.

Aber Martinez winkte ab: „Jetzt übertreibt mal nicht mit euren Theorien. Die meisten Menschen haben doch einfach Spaß am Fußball. Und jetzt, wo Spanien so toll spielt ..."

Weiter kam er nicht. Keller schnitt ihm das Wort ab: „Da haben wir's. Auch du gierst nach einem Titel für dein Land, nachdem die Spanier seit Jahrzehnten nichts mehr gewonnen haben."

Alle lachten. Nur Lena blieb ernst und dachte an den Roma, der ihr Rache geschworen hatte. Auch in seinen Augen hatte sie die Gier nach Vergeltung gesehen. Sie schüttelte den Gedanken ab und sagte: „Dieser Zuhälter, Ilkas Mörder, ist auch so ein gieriges Schwein. Aber bei ihm ist es nicht nur Geld. Er genießt die Macht über die Frauen in seinem Stall. Macht ist für ihn eine Droge. Aber warum hat er Ilka umgebracht? Was hat ihn so aufgebracht, dass er völlig die Kontrolle verloren und ausgerechnet seine Freundin – so haben zumindest die anderen Frauen sie bezeichnet – geschlagen und erwürgt hat? Das müssen wir herausfinden. Und vor allem müssen wir Kovac und die zweite Frau, diese Eleni, finden."

Dienstag, 10. Juni 2008, 12.45 Uhr

Eleni schlüpfte leise aus dem Bett. So leise, dass der schnarchende Mann auf der anderen Bettseite nicht wach wurde. Irgendwann gegen 4.00 Uhr war sie mit dem Holländer hier im Hotelzimmer gelandet. Viel war nicht mehr gelaufen. Der Mann war so betrunken gewesen, dass er keinen mehr hoch gekriegt hatte. Er war schon zufrieden gewesen, dass er sie nackt hatte sehen dürfen. Kaum hatte er den Arm um sie gelegt, war er auch schon eingeschlafen und sie hatte sich aus seinem Arm befreit und weggedreht.

Jedenfalls hatte sie die Nacht nicht auf der Straße verbringen müssen und sogar einige Stunden schlafen können. Im Bad schaute sie in den Spiegel. Es war gar nicht so schlimm, was ihr da entgegenblickte. Sie vermied es, das Wasser laufen zu lassen. Mit einigen Handgriffen ordnete sie ihre Haare und befeuchtete mit der Zunge ihre Lippen. Danach zog sie sich an und schlich aus dem Zimmer. Im Treppenhaus vergewisserte sie sich, dass der Pass immer noch in der Gesäßtasche ihrer Jeans steckte, und zählte das Geld der Freier, das sie immer noch bei sich trug, weil Kovac nicht kassieren gekommen war. Es waren rund 900 Franken. In Ungarn entsprach das zwei Monatslöhnen.

Auf der Gasse überlegte sie, welche Richtung sie nehmen sollte. Sie entschied sich für rechts. Dort musste irgendwo der Bahnhof sein.

Dienstag, 10. Juni 2008, 13.00 Uhr

Am Flughafen in Bukarest bestieg Sergiu Iliescu ein Taxi und ließ sich direkt zum Außenministerium fahren. Er betrat das Gebäude, winkte dem Concierge zu und fuhr mit dem Lift in den vierten Stock.

Auf seinem Schreibtisch lag ein Haufen Post. Er schob ihn beiseite und legte seinen Aktenkoffer auf den Tisch. Den Rollkoffer stellte er zum Fenster. Einen Augenblick verharrte er am Fenster und betrachtete den Verkehr unten auf der Straße. Hinter ihm wurde die Tür geöffnet und ein junger Mann trat ein.

„Willkommen zuhause, Herr Iliescu. Wie war das Spiel in Zürich?“, fragte er.

Sergiu Iliescu drehte sich um und lächelte seinen Assistenten an: „Guten Tag Liviu. Sie wissen doch, es war eine Nullnummer.“

„Trotzdem war es kein schlechtes Spiel der rumänischen Mannschaft“, entgegnete Liviu Rotaru. „Haben Sie Ihren Aufenthalt in der Schweiz genossen?“

„Ja sehr“, antwortete Sergiu Iliescu und fügte bei: „Ich brauche übrigens einen neuen Termin in Bern am 17. Juni. Melden Sie mich bei Werner Grossenbacher im Seco, dem Schweizerischen Staatssekretariat für Außenwirtschaft an. Es geht um die Umsetzung des Personenfreizügigkeits-Abkommens mit Rumänien. Und sagen Sie ihm, ich möchte am Abend zum Spiel Holland-Rumänien im Stade de Suisse. Zur Sicherheit besorgen Sie mir auch zwei Eintrittskarten aus unseren Beständen. Ferner buchen Sie mir ein Zimmer im Novotel gleich neben dem Stadion. Haben Sie alles notiert?“

„Wird alles sofort erledigt“, antwortete Liviu Rotaru, der tatsächlich alles auf seinem Schreibblock notiert hatte. „Sonst noch einen Wunsch?“

„Das wär's für den Moment“, antwortete Iliescu. „Ich rufe Sie, wenn ich etwas brauche.“

„Sehr gerne“, sagte Rotaru mit einer leichten Verbeugung und verließ den Raum.

Sergiu Iliescu lächelte und flüsterte: „Dämlicher Arschkriecher.“

Dann öffnete er seinen Aktenkoffer und griff nach dem Mobiltelefon. Jetzt musste er nur noch den Holländer nach Bern bestellen.

Dienstag, 10. Juni 2008, 14.30 Uhr

Das Telefon schrillte. Lena hob den Hörer ab und meldete sich. Es war Jan.

„Hallo Lena“, sagte er. „Bist du okay? Wir sehen uns kaum noch.“

„Mir geht es gut“, antwortete Lena und schwieg.

Nach einer peinlichen Pause meinte Jan: „Ich möchte dich sehen, bist du heute Abend zuhause?“

„Ich habe mich heute Abend mit Jenny zum Essen verabredet“, antwortete Lena und fügte hinzu: „Auswärts, in einem Restaurant nach Jennys Wahl.“

„Ach so, verstehe“, meinte Jan. „Ihr möchtet natürlich unter euch sein.“ Es war mehr eine Frage als eine Feststellung.

„Ja, Frauenabend oder so ähnlich“, antwortete Lena. „Wie geht es dir eigentlich in Zürich?“

„Die Arbeit ist nicht anders als in Bern. Außer, dass ich hier ein eigenes Büro habe.“

„Ein Büro ganz allein für dich?“

„Nein, zusammen mit einer Kollegin“, antwortete Jan. „Sie heißt Beatrice.“

„Und wie ist sie so, diese Beatrice?“, fragte Lena, obwohl sie das eigentlich gar nicht interessierte.

„Sie ist nett“, antwortete Jan irritiert.

„Nett? Und attraktiv, kompetent?“ Lena verstand sich und ihre Frage selber nicht.

Jan reagierte wütend: „Was soll das Lena? Sie ist meine Arbeitskollegin. Und ja, sie ist attraktiv, sogar außergewöhnlich attraktiv. Was willst du als nächstes hören? Dass ich mit ihr ins Bett steige in meinen einsamen Zürcher Nächten?

Tatsache ist, dass ich seit Tagen wegen der Holländer hier in Bern bin und du mich ständig abwimmelst. Wenn du mich nicht mehr sehen willst, dann sag es mir einfach ins Gesicht."

„Es tut mir leid, Jan, ich wollte dich nicht verletzen", sagte Lena erschrocken. „Ich weiß auch nicht, was mit mir los ist. All das Schreckliche, das um mich herum passiert, bringt mich völlig durcheinander. Ich rufe dich heute Abend an, versprochen."

„Wenn du damit nicht umgehen kannst, Lena, dann hast du den falschen Beruf gewählt", sagte Jan. „Ich wünsche euch einen guten Appetit und grüß Jenny von mir."

Mit diesen Worten legte er auf.

Lena saß da und seufzte. Jan hatte recht. Sie war wirklich nicht aus dem Holz geschnitzt, um all den Orkanen standzuhalten, die über sie hereinbrachen.

In diesem Moment flog die Tür auf und Isabel steckte den Kopf herein.

„Sie haben die zweite Frau am Hauptbahnhof verhaftet", rief sie aufgeregt. „Wir haben sie in Befragungszimmer zwei gebracht."

Dienstag, 10. Juni 2008, 15.30 Uhr

Lena hatte Miklos Bartòk angerufen und ihn gebeten, noch einmal ins Präsidium zu kommen. Keine halbe Stunde später saß der pensionierte Herr im Befragungszimmer an Lenas Seite. Hinter ihnen an der Wand hatten Isabel Kissling und Birgit Möller Platz genommen. Ihnen gegenüber am Tisch wartete Eleni nervös auf die Fragen, die man ihr stellen würde. Ihre Hände zitterten, und ihr Blick flackerte.

Lena stellte das Aufnahmegerät ein und sagte: „Vernehmung von Eleni Nagy aus Debrecen, Ungarn, am 10. Juni 2008 um 15.30 Uhr im Befragungsraum zwei in der Polizeihauptwache in Bern." Zu Herrn Bartòk gewandt, fügte sie hinzu: „Fragen Sie Frau Nagy, warum sie vom Tatort geflüchtet ist."

Miklos Bartòk stellte der Frau die Frage auf Ungarisch. Was sie offensichtlich aus der Fassung brachte. Bartòk legte ihr die Hand auf den Unterarm und beruhigte sie. Sie nickte und beantwortete die Frage. Er übersetzte: „Eleni Nagy hat Angst vor Istvan Kovac. Sie glaubt, dass er sie auch umbringt, wenn er sie findet."

„Warum denn sollte er dies tun?", fragte Lena.

Bartòk leitete die Frage an Eleni weiter. Sie sprach ziemlich lange. Der Übersetzter fasste zusammen: „Frau Nagy sagt, dass sie mit angesehen hat, wie Kovac Ilka geschlagen und dann aus dem Wohnmobil zum Gebüsch hinüber gezerrt hat. Dies, weil llka jemanden mit ihrem Handy angerufen und um Hilfe gebeten hatte. Sie hatte offenbar nicht damit gerechnet, dass sie als Kovacs Freundin auch anschaffen musste. Während sie verzweifelt ins Telefon sprach, hatte Kovac hinter ihr das Wohnmobil betreten und alles mitgehört. Danach rastete er völlig aus."

„Mit wem hat Ilka telefoniert?", wollte Lena wissen.

Bartòk übersetzte, aber Eleni Nagy hatte keine Ahnung.

Lena bohrte weiter: „Hatte Ilka in Ungarn einen Freund? Was hatte sie Eleni über sich erzählt?"

Leider wusste Eleni nichts zu berichten. Ilka hatte den anderen Mädchen gut zuhören können, über sich selber aber sehr wenig gesprochen.

Lena ließ Eleni den Ablauf der Ereignisse auf dem Parkplatz detailliert schildern und fragte dann: „Hat Ilka noch gelebt, als Sie zu ihr eilten?"

Eleni ließ sich die Frage übersetzen und antwortete dann, sie habe nicht mehr geatmet und mit aufgerissenen Augen dagelegen. Da habe sie in Panik die Flucht ergriffen, weg von den Wohnmobilen, hinunter zum Fluss.

Lena nickte nachdenklich und stellte ihre letzte Frage: „Was glauben Sie, was wir jetzt mit Ihnen machen?"

Die Frau schaute sie irritiert an und meinte auf Ungarisch: „Stecken Sie mich jetzt ins Gefängnis?"

Lena antwortete: „Nein, Sie sind frei, Sie können gehen."

Die Frau stand auf und bewegte sich unsicher zur Tür. Als sie die Hand an der Klinke hatte, räusperte sich Lena und fragte: „Gehen Sie jetzt zurück zu den anderen Frauen?"

Eleni Nagy blieb stehen und hörte sich Bartòks Übersetzung an. Sie schüttelte den Kopf und antwortete: „Nein, ich fahre nach Hause."

Lena schaute sie an und sagte: „Vielleicht wird Kovac dort auf Sie warten. Wir haben ihn bis jetzt nicht geschnappt. Er ist wie vom Erdboden verschwunden. Möglicherweise ist er uns über die Grenze entwischt."

Eleni starrte sie mit großen Augen an. Das blanke Entsetzen war in ihrem Blick zu erkennen.

Lena sagte: „Wir können Sie, falls Sie das möchten, in Schutzhaft nehmen, bis wir ihn haben.“ Lena lächelte die Frau zum ersten Mal an.

„Sie bittet Sie darum“, übersetzte Bartòk Elenis Antwort.

Dienstag, 10. Juni 2008, 18.00 Uhr

Lena war gerade daran, ihren Schreibtisch aufzuräumen, als das Telefon klingelte. Es war Höller.

„Ich habe soeben einen Anruf aus Zürich erhalten“, berichtete er aufgeregt. „Sie haben den Maserati in einem Parkhaus am Flughafen gefunden.“

„Mist. Dann müssen wir davon ausgehen, dass er uns entwischt ist“, sagte Lena. „Ordne an, dass auf allen Passagierlisten von Flügen nach Ungarn der Name Istvan Kovac gesucht wird.“

„Das hab ich bereits in Auftrag gegeben. Aber heute geht wahrscheinlich nicht mehr viel. Sie haben mir versprochen, dass wir bis morgen Mittag Bescheid wissen.“

„Das dauert alles viel zu lange“, sagte Lena genervt. „Wir brauchen einen internationalen Haftbefehl für Kovac. Kannst du das in die Hand nehmen, Reinhard? Und informierst du vorab auch die ungarische Polizei?“

„Ja, mache ich. Ich hab heute ja sowieso Spätdienst.“

„Falls du einen Übersetzer brauchst, dann hat Julia die Nummer von Miklos Bartòk.“

„Ich versuche es erstmal auf Englisch“, antwortete Höller. „Wir sehen uns dann morgen bei der Besprechung.“

Kaum hatte Lena den Hörer aufgelegt, klingelte das Telefon schon wieder.

Julia Reichert teilte ihr mit, dass Jenny unten auf sie wartete.

Sie entschieden sich auf Jennys Vorschlag für „Papa Joe's“. Dort konnte man in einem schönen Ambiente so richtig ungesund amerikanisch essen. Das brauchten sie jetzt beide.

Oben auf der Galerie setzten sie sich an einen freien Tisch. Die Bedienung, ein Inder, war sofort zur Stelle. Sie bestellten reichlich und nahmen als Apéro einen Mojito. Beide erinnerten sich an ihren Ausflug nach Kuba vor zwei Jahren. Aber keine griff das heikle Thema auf.

Jenny würde morgen für zehn Tage auf Maturareise gehen. Die Klasse hatte sich für Barcelona entschieden. Einige Jungs in der Klasse hatten gar keine Freude gehabt, dass die Reise ausgerechnet während der EM 2008 stattfinden sollte. Aber die Mädchen, die in der Klasse in großer Überzahl waren, hatten sie überstimmt. Sie mussten sich fügen. Ein Hardcore-Fußballfan hatte daraufhin auf die Teilnahme verzichtet. Um 7.00 Uhr würden sie den Reisebus besteigen und losfahren.

Während sie zur Vorspeise ihre Nachos aßen, sagte Lena plötzlich: „Jan hat heute angerufen, er wollte mich sehen."

„Ja, und was hast du gesagt", wollte Jenny wissen.

„Dass ich mit dir essen gehe und dass wir einen auf Frauenabend machen", antwortete Lena.

Jenny runzelte die Stirn: „Bist du dir sicher, dass du das wirklich willst? Jan tut mir richtig leid. Er bemüht sich doch seit Wochen um dich."

„Wir beide hatten uns verabredet", antwortete Lena schnell. „Da lasse ich dich doch nicht einfach im Regen stehen."

„Das meine ich nicht", entgegnete Jenny. „Aber die Sache mit dem Frauenabend ist doch nicht zwingend."

„Wir haben uns doch bestimmt einiges zu erzählen. Da ist ein Mann nur störend."

„Ein Mann?", fragte Jenny lächelnd. „Was ist denn mit dir los, Mam? Jan ist doch nicht irgendein Mann. Er ist dein Freund."

„Ich weiß nicht“, wand sich Lena.

„Was weißt du nicht?“

„Ich weiß nicht, ob ich ihn wirklich liebe“, antwortete Lena und starrte auf den Tisch.

„Jetzt komm schon“, protestierte Jenny. „Worauf wartest du eigentlich? Auf den vollkommenen Prinzen? Ich jedenfalls finde Jan schwer in Ordnung. Und er tut dir gut.“

„Er tut mir gut?“, fragte Lena. „Wie meinst du denn das?“

„Er hat dich zum Leben erweckt, er gibt die den nötigen Halt in deinem turbulenten Berufsleben. Jan ist deine emotionale Gehhilfe.“

Lena starrte Jenny an: „Das ist ja interessant, dass du so genau Bescheid weißt.“

„Und er bemüht sich, Mam. Ruf ihn einfach an und sag ihm, wo wir sind.“

Lena seufzte und nahm einen Schluck Weißwein. Sie schüttelte lächelnd den Kopf und griff nach ihrem Mobiltelefon.

Jan nahm den Anruf nach dem ersten Klingelton entgegen.

Lena sagte: „Hallo Jan. Wir sind im Papa Joe's. Du wirst erwartet.“

Dienstag, 10. Juni 2008, 21.30 Uhr

Die Roma-Brüder Kalo und Janci Kaleja hatten beobachtet, wie die Kommissarin das Polizeihauptquartier zusammen mit einer jungen Frau verlassen hatte. Sie hatten sogleich erkannt, dass die junge Frau die Tochter der Kommissarin sein musste.

In einem sicheren Abstand waren sie den Frauen bis zum Papa Joe's gefolgt. Das war gar nicht so einfach gewesen, weil auch an spielfreien Tagen die Stadt voller holländischer Fans war und es in den engen Gassen kaum ein Durchkommen gab. Ein Blick auf die Speisekarte vor dem Eingang sagte Kalo und Janci, dass diese Preiskategorie außerhalb ihrer bescheidenen Möglichkeiten lag. Sie mussten sich mit einer der zahlreichen Würstchen- und Bierbuden in der Gasse begnügen. Von dort aus beobachteten sie nun seit beinahe drei Stunden den Eingang des Restaurants. Sie hatten einen Entschluss gefasst. Noch heute Abend sollte die Sache erledigt werden. Sie wollten den beiden Frauen nach Hause folgen und vor dem Hauseingang der Tochter vor den Augen der Kommissarin die Kehle durchschneiden. Ihr selber wollten sie nichts tun. Der Schmerz, den die Kommissarin über den Verlust der Tochter empfinden würde, war ihnen Rache genug.

Endlich, nach fast dreieinhalb Stunden, trat die Tochter als Erste auf die Gasse. Mit Enttäuschung stellten sie fest, dass die Frauen das Restaurant nicht allein verließen. Sie kamen in Begleitung eines stämmigen Mannes heraus. Er nahm die Kommissarin in den Arm. Offenbar war das ihr Mann oder ihr Geliebter. Da war ein Angriff ausgeschlossen. Trotzdem folgten sie den drei Personen. Aber schon auf dem Waisenhausplatz folgte die zweite Ernüchterung. Die Kommissarin und ihre Begleiter verschwanden im Eingang zum unterirdi-

schen Parkhaus. Die Möglichkeit, dass sie ein Auto benützen könnte, hatten sie schlicht außer Acht gelassen.

Kalo und Janci kamen sich ziemlich dämlich vor und begriffen, dass ihr Vorhaben nicht ganz so einfach werden würde. Vielleicht mussten sie erstmal den Namen der Kommissarin, der nicht in der Zeitung gestanden hatte, herausfinden und danach ihre Wohnadresse.

Mittwoch, 11. Juni 2008, 07.50 Uhr

Jan war über Nacht geblieben. Sie hatten nach langem wieder einmal Sex gehabt. Und es hatte Lena gefallen, wie Jan ihren Körper erforschte. Sie waren früh aufgestanden und hatten sich die Zeit für ein üppiges Frühstück genommen. Während sie Spiegeleier und Speck gebraten hatte, war Jan zur Bäckerei gegangen und hatte Croissants und ein großes Schokoladenherz gekauft.

Lena fühlte sich sehr entspannt und zufrieden. Gutgelaunt begrüßte sie das Team, das sich zur morgendlichen Sitzung im provisorischen Besprechungsraum versammelt hatte und wandte sich an Höller: „Schon etwas aus Zürich oder Ungarn gehört?"

„Nein, noch nicht. Der verantwortliche Kommissar in Budapest war nicht anwesend. Er wird sich aber heute melden."

„Es bleibt uns also nichts anderes übrig, als zu warten", meinte Lena. „Aber es gibt ja auch noch andere Spuren zu verfolgen. Ist eigentlich Ilkas Telefon gefunden worden?"

„Ja, das habe ich am Tatort sichergestellt", antwortete Andreas Martinez. „Ich habe auch schon die letzte gewählte Nummer gecheckt."

„Wohin ist der Anruf gegangen?", fragte Lena.

„Auf eine ungarische Mobilfunk-Nummer. Aber Fehlanzeige, sie ist nirgends registriert."

„Mit Hilfe der ungarischen Polizei finden wir auch das heraus", meinte Höller.

„Ich denke, der Fall ist ziemlich eindeutig. Die werden Kovac sicher bald schnappen", meinte Birgit Möller.

„Noch sind wir nicht so weit", bremste Lena die verfrühte Euphorie. „Wir haben es hier mit gut vernetzten osteuropäischen Frauenhändlern zu tun.“ In diesem Moment platzte Julia Reichert herein und sagte aufgeregt: „Da ist ein hoher Polizeibeamter aus Ungarn auf Leitung vier. Er möchte dich sprechen, Lena.“

Lena stand auf und ging zum Telefon, das auf einem Korpus neben der Tür stand. Sie stellte den Lautsprecher ein und meldete sich.

„Hier spricht Oberstleutnant Radványi von der ungarischen Staatspolizei.“ Er sprach Deutsch mit dem typischen Akzent. „Ich werde morgen nach Bern reisen und möchte Sie treffen. Es geht um den Mord an Ilka Horvat.“

„Herr Radványi, vielleicht können wir vorerst mal unser Wissen am Telefon austauschen. Möglicherweise erübrigt sich die lange Reise“, sagte Lena.

„Nein, nicht am Telefon“, antwortete der Offizier. „Ich muss Sie über gewisse Dinge informieren.“

Lena rang nach Worten, so dass Oberstleutnant Radványi weiter sprach: „Ich lande morgen um 9.00 Uhr in Bern-Belp. Würden Sie bitte so freundlich sein und mich dort abholen?“

„Das lässt sich einrichten“, antwortete Lena.

„Dann sehen wir uns morgen, Madame“, hörten die Leute im Raum Oberstleutnant Radványi sagen, der danach das Gespräch ohne weitere Grußworte beendete.

Lenas Team schaute sich ratlos an. Es war Lena selber, die sich zuerst fasste: „Na? Was habe ich gesagt? Von wegen eindeutiger Fall, da steckt mehr dahinter.“

Mittwoch, 11. Juni 2008, 22.20 Uhr

Sie waren zum Nichtstun verdammt. Der Besuch von Oberstleutnant Radványi würde vielleicht alles in ein neues Licht rücken.

Auch aus Zürich wurde nichts Positives gemeldet. Kovac war nicht nach Ungarn geflogen. Lena ließ am Nachmittag die Suche auf alle Flüge ab Zürich ausdehnen. Am frühen Abend dann die Meldung, dass kein Kovac Zürich per Flugzeug verlassen hatte. Es blieben also drei Möglichkeiten. Entweder, er war noch in der Schweiz oder er hatte das Land mit dem Zug oder einem anderen Auto verlassen. Die dritte Variante war, dass er einen zweiten Pass besaß.

Lena hatte den nächsten Auftrag nach Zürich geschickt: Alle männlichen Einzelpersonen, die Zürich per Flugzeug verlassen hatten, seien zu überprüfen. Sie war sich bewusst, dass dies eine fast unmögliche Sisyphusarbeit war, da wahrscheinlich Tausende von Männern in Frage kamen. Dementsprechend war auch die Reaktion bei der Flughafenpolizei ausgefallen. Der Beamte sprühte Gift und Galle und gab ihr zu bedenken, dass es auch möglich wäre, dass der Gesuchte nicht allein unterwegs sei oder sich als Frau verkleidet habe.

Höller hatte den Abend frei genommen. Draussen regnete es in Strömen. Lena saß im Aufenthaltsraum und trank Kaffee. Soeben hatten die Türken in der Regenschlacht von Basel kurz vor Schluss des Spiels das 1:2 gegen die Schweiz erzielt und damit die Gastgeber aus dem Rennen geworfen. Die Nation fiel in eine schwere Depression.

Lenas Handy surrte. Sie nahm an und meldete sich. Es war Martinez. Er klang verstört. „Lena, die Frauen sind weg!"

„Wie, die Frauen sind weg?", fragte Lena, die Böses ahnte.

„Die Wohnmobile mit den Prostituierten, sie sind einfach verschwunden."

„Aber du solltest sie doch im Auge behalten", sagte Lena.

„Ja, ich habe Scheiße gebaut. Ich bin ins Restaurant *du Nord* gleich nebenan gegangen, um mir das Spiel anzusehen. Als ich raus kam, waren die Wagen weg."

„Verdammt, Andreas", schrie Lena. „Und wenn das Kovac war, der sie abgeholt hat, was dann? Komm sofort her!"

Sie eilte in die Zentrale und gab eine Großfahndung raus.

Kurz nach Mitternacht war klar: Die Frauen waren definitiv verschwunden.

Mittwoch, 11. Juni 2008, 23.00 Uhr

Van Eick war sehr zufrieden. Alles war reibungslos gelaufen, wie Kovac vorausgesagt hatte. Nachdem der Kripobeamte ins Restaurant verschwunden war, hatte er die Frauen informiert und eigenhändig einen Freier aus einem der Wohnmobile bugsiert. Wegen des Spiels war nicht viel los gewesen. Alle Schweizer klebten vor dem Fernseher. Sie waren sofort losgefahren. In Wankdorf nahmen sie die Autobahn und fuhren nach Basel. Dort trafen sie just nach Spielende ein. Van Eick verteilte an die Frauen türkische Shirts und Fahnen und wies sie an, Lärm zu machen. Im Stau der türkischen Fans aus Deutschland, der sich im Schritttempo auf die Grenze zu bewegte, fielen sie überhaupt nicht auf. Niemand kontrollierte die Fahrzeuge. Kurz vor 23.00 Uhr hatten sie die Grenze passiert und gaben Gas.

Donnerstag, 12. Juni 2008, 09.00 Uhr

Lena, Reinhard und Isabel waren pünktlich am Flughafen Bern-Belp, um den Ungarn abzuholen.

Birgit, Andreas und Jonas koordinierten in der Hauptwache die Fahndung nach den verschwundenen Frauen. Oberstleutnant Radványi landete mit einer kleinen Cessna etwa zwanzig nach neun. Er entschuldigte sich für die Verspätung. Lena hatte sich den Mann ganz anders vorgestellt, etwa so wie Miklos Bartòk. Aber Oberstleutnant Radványi war eher untersetzt und ein wenig beleibt. Sie sprachen wenig auf dem Weg in die Stadt. Er blickte aus dem Fenster und hörte Lena zu, die ihm die historischen Gebäude erklärte, die an ihnen vorbeizogen.

Sie versammelte das gesamte Team im Besprechungszimmer. Radványi kam umgehend zur Sache: „Ich möchte Sie darüber informieren, dass Ilka Horvat keine Prostituierte war. Wir haben sie erfolgreich in Kovacs Organisation eingeschleust. Sie hat uns eine Menge Daten und Erkenntnisse über den internationalen Frauenhandel von Ost nach West geliefert."

Die meisten schienen überrascht. Lena hatte etwas in dieser Art bereits erwartet.

Sie fragte: „Was ist passiert?"

„Sie war seine Freundin. In Bern hat er sie aber plötzlich anschaffen lassen. Da wollte sie aussteigen."

„Hat sie versucht, Sie zu erreichen?", fragte Lena.

„Ja, auf der Nummer, nach der Ihre Leute gesucht haben", antwortete Radványi. „Kovac hat sie dabei überrascht. Den Rest kennen Sie."

„Warum sind Sie hergekommen?", wollte Lena wissen.

„Ich möchte mit den Mädchen reden", sagte Radványi.

„Die sind verschwunden", sagte Martinez.

„Verschwunden? Einfach so? Haben Sie die Frauen denn nicht überwacht?" Radványi schien fassungslos.

„Es läuft eine Großfahndung", warf Martinez ein.

„Sie wurde inzwischen auf das benachbarte Ausland ausgeweitet", ergänzte Lena.

„Wann sind sie abgehauen?", wollte Radványi wissen.

„Um 23.00 Uhr", antwortete Martinez.

Radványi schaute auf seine Uhr und sagte: „Dann sind sie jetzt höchstwahrscheinlich gerade in Amsterdam untergetaucht. Ein gewisser Hans van Eick oder einer seiner Leute wird sie in Bern abgeholt haben. So war es mit Kovac ausgemacht. Das war's dann, Leute."

Er wollte sich erheben. Isabel räusperte sich und sagte: „Wir haben Eleni Nagy in Schutzhaft, die Frau, die mit Ilka Horvat das Wohnmobil geteilt hatte."

Radványis Gesicht erhellte sich und er sagte mit einem leicht ironischen Unterton: „Das trifft sich ausgezeichnet. Dann möchte ich gerne mit dieser Dame reden."

Donnerstag, 12. Juni 2008, 11.00 Uhr

Radványi sollte recht behalten. Während er seine Befragung mit Eleni Nagy durchführte, erhielt Höller ein Fax vom Landeskriminalamt Baden-Württemberg. In der Nähe von Karlsruhe hatte man auf einem Autobahnparkplatz an der A5 die Wohnmobile verlassen aufgefunden. Die Zündschlüssel steckten. Die Deutschen fragten nach, was sie mit den Fahrzeugen anstellen sollten. Sie hatten alle Schweizer Kennzeichen und waren im St. Galler Rheintal gemietet worden.

Höller stellte in Aussicht, dass er den Rücktransport organisieren würde, auch wenn er noch keine Ahnung hatte, wie er das bewerkstelligen sollte.

Radványi bot Eleni Nagy an, sie mit dem Flugzeug nach Ungarn zurück zu nehmen. Aber Eleni lehnte das Angebot ab, weil er ihr in Ungarn keinen Personenschutz gewähren wollte. Sie zog es vor, hier zu bleiben, bis Kovac geschnappt war.

Radványi übergab ihnen ein Dossier zu Kovac mit mehreren Fotos. Auf allen Bildern trug er einen Dreitagebart und Sonnenbrille. Lena beauftragte Isabel damit, die Bilder zu kopieren und eine digitale Variante für das Fahndungsprofil im Computer zu erstellen.

Lena lud Radványi zum Essen ein. Sie reservierte einen Tisch für drei Personen im Zunfthaus „zu Webern". Sie bat Höller, mitzugehen.

Zwischen den Gängen erklärte Radványi ihnen die Wege, auf denen junge Frauen aus Osteuropa in die westeuropäischen Staaten gebracht wurden und wie das Geschäft ablief.

„Die Frauen werden – je nach Alter und Aussehen – bei

jedem Wechsel des Besitzers für 1000 bis 15000 Euro weiterverkauft. Die Pässe müssen sie ihren Besitzern abliefern und dann Reise-, Unterhalts-, und Investitionskosten abarbeiten. Die meisten Frauen sehen kaum je Geld und können sich nicht frei bewegen. Sie werden in einem Drei-Monats-Rhythmus von einem Bordell zum anderen weitergereicht. Rekrutiert werden die jungen, hübschen Mädchen aus den elenden Plattenbausiedlungen von Cisinau, Kiew, Minsk, Bratislava, Prag und Budapest. Die Vermittler sind Männer, immer vermehrter aber auch Frauen, welche mit falschen Versprechungen locken, wie der Aussicht auf eine gut bezahlte Arbeit im Gastgewerbe oder die Heirat mit einem reichen Westeuropäer. Wenn die Mädchen realisieren, worauf sie sich eingelassen haben, ist es meist zu spät. Sie werden immer und immer wieder vergewaltigt und psychisch gebrochen. Wer danach immer noch nicht spurt, wird mit Drogen gefügig gemacht. Das macht die Abhängigkeit total. Es gibt kaum ein Entrinnen aus dem Teufelskreis von Drogen und Schulden.

Auf die wenigen, denen der Ausstieg gelingt, wartet zuhause ein Leben ohne Perspektive, so dass viele den Weg in die Abhängigkeit freiwillig ein zweites Mal gehen."

Kovac war ein aufstrebender Jungunternehmer in dieser Branche, der über hervorragende Kontakte verfügen musste. Er verschwand immer wieder für längere Zeit von der Bildfläche, um dann plötzlich unerwartet aufzutauchen.

Die ungarische Polizei hatte seit zwei Jahren ein Auge auf ihn geworfen.

Bisher konnte man ihm nie etwas Konkretes nachweisen. Aus diesem Grund hatte man Ilka eingeschleust. Sie war aber keine ausgebildete Polizistin gewesen, sondern ein Budapester Partygirl, das man beim Koksen erwischt hatte und damit für die polizeiliche Undercover-Arbeit hatte gewinnen können. Sie hatte sich an Kovac herangemacht und fortan aus dem innersten Zirkel der Kovac-Organisation berichtet. Sie war von unschätzbarem Wert gewesen. Ihr Tod war ein schmerzlicher Rückschlag für die Polizei. Kovac war jetzt offiziell ein Fall für Interpol, ebenso der Holländer Hans van Eick.

Nachdem sie Radványi auf dem Flughafen abgeliefert hatten, erfasste Höller die Profile der beiden für die internationalen Polizeidatenbanken.

Das Spiel war angepfiffen.

Dritter Teil: **Schlagabtausch**

Montag, 16. Juni 2008, 11.00 Uhr

Über das Wochenende hatte sich gar nichts getan. Kovac blieb spurlos verschwunden. Van Eick wurde von der Amsterdamer Polizei beschattet. Er hatte die Frauen aus Bern tatsächlich in den Bordellen im Rotlichtbezirk untergebracht. Mindestens zwei von ihnen hatten die Beamten bei den üblichen Ausweiskontrollen gefunden. Es lag aber nichts gegen sie vor und man ließ sie in Ruhe. Von Interesse für die Polizei waren nun die Kontakte zwischen van Eick und Kovac, die mindestens indirekt stattgefunden haben mussten. Woher sonst hätte van Eick erfahren, dass er die Frauen früher in Bern abholen konnte als ursprünglich vereinbart? Sein Mobiltelefon konnte nicht abgehört werden, weil es offiziell keinen Nutzer mit diesem Namen gab. Ein unbekanntes Detail war auch, wie das Geld zwischen van Eick und Kovac geflossen war. In der Regel wurden die Besitzerwechsel der Frauen in bar bezahlt oder über verschachtelte Firmenkonten online abgegolten. Eleni hatte ausgesagt, dass Ilka ihr erzählt habe, van Eick habe eine Anzahlung in bar geleistet. Also konnte man davon ausgehen, dass auch der Rest in bar übergeben würde. Die Möglichkeit bestand nun also, dass sich Kovac nach Amsterdam begeben, oder dass van Eick nach Budapest fliegen würde. Vielleicht würden sie sich aber irgendwo in der Welt treffen. Diesen Augenblick wollte man bei der Polizei nicht verpassen.

In Bern war nach wie vor die Hölle los. Die Stadt war fest in oranger Hand. Am Freitag war kein Durchkommen mehr gewesen. Eine dritte Großleinwand beim *Zytglogge* musste aufgebaut werden. Neben den 34000 Zuschauern im

Stadion verfolgten über 150000 Menschen das Spiel Holland-Frankreich auf den drei Plätzen. Die Polizei hatte alle Hände voll zu tun mit dem Unterhalten von Verkehrskorridoren für Notfahrzeuge. Aber trotz des riesigen Menschenauflaufs und der Unmengen Alkohol, die konsumiert wurden, war die Lage, abgesehen von einigen kleinen Scharmützeln, äußerst friedlich.

Lena konnte sich Samstag und Sonntag frei nehmen. Jan war über das Wochenende bei ihr geblieben. Sie hatten die beiden Tage vorwiegend im Bett verbracht. Nur am Sonntag, als die Schweiz in Basel gegen Portugals B-Team 2:0 gewann, hatten sie sich zur Public Viewing Zone vor dem Bundeshaus begeben und den unerwarteten Sieg mitgefeiert. Inzwischen traf nach und nach eine neue Welle von holländischen Fans für das Spiel Holland-Rumänien am kommenden Dienstag in Bern ein. Unter ihnen sollte am Dienstagmorgen auch Hans van Eick sein. Kurz nach der Sitzung, die heute Morgen ausnahmsweise erst um 9.00 Uhr stattgefunden hatte, hatte Höller eine Mail der Fluggesellschaft Swiss erhalten. Van Eick hatte für den kommenden Tag einen Business Class Flug von Amsterdam nach Zürich gebucht. Der Rückflug war für Mittwoch reserviert worden. Lena gab den Auftrag, die Vier- und Fünfsterne Hotels in Bern anzufragen, ob eine Buchung unter dem Namen van Eick oder Kovac vorliege. Van Eick hatte im Allegro gebucht. Ein Kovac war nirgends zu finden. Lena weitete die Suchanfrage auf Personen aus Osteuropa aus. Sie erhielt eine sehr lange Liste vor allem mit rumänischen Buchungen. Einzelpersonen waren nur wenige darunter; einer von ihnen war ein Diplomat. Lena gab die Liste an Isabel zur Überprüfung weiter und bestellte das Team um 14.00 Uhr ins Besprechungszimmer, um die Überwachung von Hans van Eick zu planen. Danach rief sie bei der Flughafenpolizei in Zürich an und bat freundlich darum, alle männlichen Einzelpersonen, die Zürich am Dienstagmorgen, den 10. Juni, per Flugzeug verlassen hätten, mit allen männlichen Einzelpassagieren, die heute, beziehungsweise morgen in Zürich landen würden, zu vergleichen. Sie wartete den Kommentar des erzürnten Beamten nicht ab, grüßte freundlich und legte auf.

Montag, 16. Juni 2008, 18.00 Uhr

Kalo Kaleja war verzweifelt. Am Freitag waren so viele Leute in der Stadt, dass er und sein jüngerer Bruder Janci keine Chance gehabt hatten, die Kommissarin abzufangen. Über das Wochenende war sie nicht aufgetaucht. Auch von der Tochter fehlte jede Spur.

Das Geld war ihnen ausgegangen. Sie hatten einige Leute um ihren Geldbeutel erleichtern müssen, um wieder an Bares zu kommen. Doch eines der Opfer hatte den Diebstahl mitbekommen und eine Schlägerei angezettelt. Dabei hatte Janci einen Schlag auf's Auge bekommen. Passanten hatten sich auf ihn geworfen und ihn überwältigt. Andere hatten die Polizei gerufen. Er selber war im allgemeinen Trubel nur mit viel Glück entkommen und lag nun ratlos und deprimiert unter der Brücke.

Dienstag, 17. Juni 2008, 07.50 Uhr

Am Dienstagmorgen landeten Hans van Eick und Sergiu Iliescu fast zeitgleich in Zürich-Kloten. Während der eine von der Polizei diskret unter Bewachung genommen wurde, spazierte der andere unbemerkt durch den Zoll und stieg in das Auto des Staatssekretariats für Außenwirtschaft, dessen Chauffeur ihn am Ausgang erwartet hatte. Er wurde um 9.30 Uhr in Bern von Werner Grossenbacher zu einer Besprechung über den Einsatz der Schweizerischen Abgeltungen an Rumänien im Rahmen der bilateralen Verträge mit der EU erwartet.

Van Eick bestieg ein Taxi und ließ sich nach Bern chauffieren. Geld spielte in diesen Kreisen offensichtlich keine Rolle. Höller, der van Eicks Ankunft bei der Hotelvorfahrt des Allegros als Passant erwartete, konnte beobachten, wie er in die Brusttasche seines Hemdes griff, den Fahrer mit einem Tausender bezahlte und dann ausstieg, ohne auf das Rückgeld zu warten.

Danach checkte er ein und zog sich auf sein Zimmer zurück. Erst zwei Stunden vor Spielbeginn tauchte er in der Hotelbar auf und trank einen weißen Martini. Um den Hals trug er einen orangen Schal. Andreas Martinez – getarnt als holländischer Fußballfan – gesellte sich zu ihm an die Bar und sprach ihn an: „Na, gehen Sie auch zum Spiel?"

Van Eick drehte den Kopf und musterte Martinez. Er antwortete auf Deutsch: „Ja, ich gehe zum Spiel."

„Die Rumänen fegen wir vom Platz", sagte Martinez.

„Warum sagen Sie *wir*?", fragte van Eick mit typisch holländischem Akzent. „Sie sind doch Schweizer, so wie Sie sprechen?"

„Ja, das bin ich“, strahlte Martinez ihn förmlich an. „Sie müssen wissen, fast alle Schweizer sind für die Holländer, nachdem die Schweiz ausgeschieden ist.“

„Ah ja?“ Van Eick war sichtlich erfreut. „Das mit der Schweiz tut mir leid. Es wäre ein tolles Fußballfest geworden, wenn Holland im Halbfinale auf die Schweiz gestoßen wäre.“

„Und wer hätte dann gewonnen?“, provozierte Martinez.

„Natürlich Holland“, antwortete van Eick ohne Zögern.

„Da wäre ich mir nicht so sicher“, entgegnete Martinez.

„Doch, mit einem Tor Unterschied.“

„Um dann im Finale gegen Deutschland zu verlieren“, provozierte Martinez. „Diesmal werden uns auch die Deutschen nicht aufhalten“, protestierte van Eick und ging zum Du über. „Du hast doch unsere bisherigen Spiele gesehen: 3:0 gegen Italien und 4:1 gegen Frankreich. Nein, keine Bange, dieses Mal klappt es.“

„Das hoffe ich auch, denn die Deutschen dürfen einfach nicht Europameister werden mit ihrem destruktiven Fußball“, sagte Martinez.

„Dann sind wir uns ja einig“, antwortete van Eick und stand auf. „Was hast du getrunken?“, fragte er Martinez. „Es geht auf meine Rechnung.“ Er rief nach der Bedienung und zahlte seinen weißen Martini. Martinez hatte noch gar nichts bestellt.

Höller meldete per Sprechfunk an Lena, dass van Eick draußen vor dem Hotel in die Straßenbahn gestiegen sei. Mit ihm eingestiegen war auch Isabel Kissling. Bis zum Stade de Suisse waren es nur fünf Haltestellen.

Dienstag, 17. Juni 2008, 19.40 Uhr

Grossenbacher saß im gleichen Tram. Sergiu Iliescu hatte ihn angerufen und ihm mitgeteilt, dass er erst zur zweiten Halbzeit im Stade de Suisse erscheinen könne. Er treffe sich noch mit einem wichtigen Schweizer Unternehmer zum Apéro.

Werner Grossenbacher hatte das leicht irritiert, andererseits war er es ja gewohnt, dass die Rumänen immer für Überraschungen gut waren. Vielleicht war der wichtige Schweizer Unternehmer ja eine junges, attraktives Callgirl. An der Endstation, bei der Wendeschlaufe vor dem Novotel-Turm, stiegen alle Passagiere aus. Isabel Kissling blieb Hans van Eick dicht auf den Fersen, um ihn im Gewühl nicht zu verlieren. Bis zum Stadion waren es etwa 300 Meter. Van Eick begab sich zielstrebig zu den Eingängen zu den Sektoren C, genau gegenüber der VIP-Tribüne. Isabel Kissling instruierte die Kollegen, die van Eick innerhalb des Stadions erwarteten. Jonas Keller würde ihn zusammen mit Höller übernehmen, sobald er die Sicherheitskontrollen und das Drehkreuz passiert hatte.

Keller begleitete ihn zum Sektor C11, wo van Eick etwa in der Mitte Platz nahm. Das Stadion war schon gut besetzt, die Stimmung ausgezeichnet. Tausende sangen holländische Lieder und feuerten ihre Mannschaft an, die erst vor wenigen Minuten in den Katakomben des Stadions eingetroffen war.

Es war fast nur die Farbe Orange zu sehen. Der Platz links neben van Eick blieb bis kurz vor Spielbeginn leer. Als beide Mannschaften auf dem Feld standen und Schiedsrichter Massimo Busacca die Münze für die Seitenwahl hochwarf, setzte sich ein holländischer Fan, von Kopf bis

Fuss orange gekleidet, auf dem Kopf einen orangen Zylinder und in der Hand einen Bierbecher, auf den freien Platz neben van Eick. Die beiden nickten einander zu, sprachen ansonsten aber nicht miteinander. Der Holländer trug sogar einen orangen Rucksack, den er vor sich zwischen beiden Sitzen auf den Boden stellte. Höller und Keller postierten sich an beiden Aufgängen, über die man den Sektor C11 verlassen konnte. Sie behielten vor allem den Rucksack im Auge.

Höller klaubte das Bild von Kovac aus der Tasche. Er konnte keine Ähnlichkeit feststellen. Der Mann neben van Eick war glatt rasiert und trug keine Sonnenbrille. Einzig das schmale Gesicht hatten sie gemeinsam. Die Haare konnte er nicht sehen, weil sie unter dem Zylinder verborgen waren. Lena saß in der Sicherheitszentrale des Stadions und starrte auf den Monitor, mit dem man Sektor C11 beobachten konnte. Aber es passierte nichts. Van Eick und sein holländischer Nachbar schienen sich nicht zu kennen. Sie wechselten nur selten einige Wörter, die aber eher das Spiel zu kommentieren schienen.

In der sechsunddreißigsten Minute legte Huntelaar geschickt für Robben auf, doch der vergab die Riesenchance. Das ganze Stadion war aufgesprungen, ein Schrei ging durch die Arena. Robben fasste sich an den Kopf. Für einige Sekunden hatten sie van Eick und den Rucksack aus dem Blickfeld verloren. Als sich die Menge beruhigt hatte und wieder auf den Plätzen saß, war alles wie vorher. Auch der Rucksack stand an seinem Platz. In der vierundvierzigsten Minute erhob sich der Holländer und griff nach seinem Rucksack. Er kämpfte sich zur Treppe durch und stieg die Stufen hoch. Höller drehte sich um und ließ ihn an sich vorbeigehen. Der Mann steuerte direkt auf die Toiletten zu. Wahrscheinlich wollte er noch vor dem großen Pausenansturm seine Blase entleeren. Er folgte ihm und konnte sehen, wie er sich in einer Kabine einschloss.

Höller konnte nicht in der Toilettenanlage stehen bleiben, das war zu auffällig. Er platzierte sich neben dem Eingang und sprach sich mit Keller ab, der zwanzig Meter entfernt wartete. Martinez, Möller und Kissling wurden von Höller ebenfalls zu Sektor C11 beordert, um van Eick im Auge zu behalten. Dann informierte er Lena in der zentralen Überwachung.

„Was meinst du, Lena?“, fragte er. „Sollen wir zugreifen und den Mann überprüfen?“

„Wartet ab“, antwortete sie. „Vielleicht will er mit dem Gang zur Toilette nur herausfinden, ob er überwacht wird. Möglicherweise hat Kovac auch einen Mittelsmann geschickt. Bleibt ihm auf den Fersen, wenn er herauskommt.“

Es vergingen fünf Minuten. Der Schiedsrichter hatte inzwischen längst zur Pause gepfiffen. Viele Leute drängten sich rein und raus. Der Holländer war immer noch drin.

Höller wurde nervös. Er informierte Keller, dass er drinnen nachschauen würde.

Er drängte sich durch die Menge in die Toilettenräume.

Er postierte sich vor der Kabinentür und trat aufgeregt von einem Fuß auf den anderen. Höller atmete schwer und verdrängte den Gedanken, dass Kovac sie reingelegt haben könnte.

Endlich ging die Tür auf und ein kleiner, untersetzter Mann verließ die Kabine. Auch er war in Orange gekleidet und deutete auf den Rucksack und den Haufen oranger Kleider mit einem Zylinder, der hinter der Toilettenschüssel am Boden lag. Er sagte etwas auf Holländisch, das Höller nicht verstand. Aber etwas anderes hatte er sehr wohl verstanden. Kovac hatte sie ausgetrickst und war auf und davon.

Dienstag, 17. Juni 2008, 21.40 Uhr

Werner Grossenbacher stieß gerade mit einigen anderen VIPs auf die EM 2008 an, als Sergiu Iliescu strahlend auf ihn zukam.

„Wie ich höre, habe ich noch nichts verpasst. Die Rumänen haben ihr Tor noch nicht erzielt."

„Nein, das haben sie nicht", begrüßte Grossenbacher seinen rumänischen Gast. „Aber jetzt, wo Sie da sind, werden sie das bestimmt nachholen."

„Das will ich hoffen", antwortete der gutgelaunte Iliescu und nahm das Glas Prosecco entgegen, das ihm ein Kellner reichte. „Auf einen Sieg der rumänischen Mannschaft."

„Und auf unsere gute Zusammenarbeit", ergänzte Grossenbacher.

Iliescu nickte. Grossenbacher fragte nach: „Ist Ihr Geschäft zustande gekommen?"

Iliescu zögerte, bevor er antwortete: „Sie meinen das Treffen mit dem Unternehmer?"

„Ja, genau", sagte Grossenbacher und dachte: Es war also kein Unternehmer, du hast eine junge, scharfe Nutte flachgelegt.

„Es ist noch nicht ganz so weit, aber zumindest konnte ich eine Brücke schlagen", berichtete Iliescu. Grossenbacher lächelte und schlug vor: „Wir sollten unsere Plätze wieder einnehmen. Die Mannschaften sind bereits auf dem Feld."

Kurz nach Wiederanpfiff hielt der rumänische Goalie Lobont sein Team mit einer Weltklasse-Parade im Spiel. Van Persie hatte einen hohen Ball perfekt angenommen, sich gedreht und aus etwa sechs Metern abgedrückt. Lobont hielt. Ein holländisches Tor lag in der Luft, zu passiv agierten die Rumänen. Die Oranje-Fans trieben ihre Mannschaft an. In der 55. Minute erzielte Klaas Jan Huntelaar endlich den längst verdienten Führungstreffer. Danach konnten die behäbig agierenden Rumänen die Niederlage nicht mehr verhindern. Robin van Persie erzielte in der 87. Minute das 2:0. Dabei blieb es dann auch. Sergiu Ilescu interessierte das kaum. Eine ganz andere Sache nahm seine Aufmerksamkeit in Anspruch. Mit Grossenbachers Fernglas konnte er beobachten, wie in Sektor C11 kurz vor Spielende Hans van Eick von zwei Männern und einer Frau zum Ausgang begleitet wurde.

Dienstag, 17. Juni 2008, 22.50 Uhr

Lena war wütend. Sie warf ihnen vor, dilettantisch gehandelt zu haben. Höller nahm die Schuld auf sich. Weil er nicht hatte auffallen wollen, war er nicht in der Toilettenanlage geblieben. Das war der entscheidende Fehler gewesen. Kovac hatte sich auf der Toilette umgezogen und war im Schutz der Menge unerkannt verschwunden.

Kurz vor Ende des Spiels hatten sie van Eick wenig diskret aus der Sitzreihe geführt und auf die Hauptwache gefahren.

Dort wartete er nun im Vernehmungsraum auf die Befragung. Er schien völlig gelassen. Lena las ihm seine Rechte vor und begann mit der Befragung: „Hans van Eick, Sie haben am letzten Mittwoch, den 11. Juni, acht osteuropäische Prostituierte in Bern abgeholt und nach Amsterdam überführt.

Einen Teil des vereinbarten Kaufpreises für die Frauen haben Sie heute im Stade de Suisse an Istvan Kovac übergeben. Damit ist der Tatbestand des Menschenhandels erfüllt."

Van Eick zeigte keine Regung. Er sagte: „Ich habe keine Ahnung, wovon Sie sprechen."

„Geben Sie sich keine Mühe", sagte Lena. Sie entschloss sich, zu bluffen. „Wir haben Kovac mit dem Geld geschnappt. Er hat bereits ausgesagt. Außerdem haben wir eine abgesprungene Prostituierte als Zeugin und die umfangreichen Akten der Amsterdamer sowie der ungarischen Polizei."

Sie ließ die Behauptungen wirken. Aber van Eick schien unbeeindruckt.

„Ich kenne keinen Herrn ... wie haben Sie ihn genannt?"

„Istvan Kovac", sagte Lena.

„Ich kenne keinen Istvan Kovac und weiß nichts von Mädchen, die von Bern nach Amsterdam überführt wurden."

„Bestreiten Sie auch, dass Sie im Amsterdamer Rotlichtmilieu ein wichtiger Mann sind?"

„Nein, das entspricht durchaus der Wahrheit", gab van Eick freimütig zu. „Aber das tut hier nichts zur Sache."

„Eine der Frauen ist von Kovac hier in Bern ermordet worden", sagte Lena.

„Wie bereits gesagt, ich kenne keinen Kovac. Was sollte ich also damit zu tun haben?", fragte van Eick ruhig.

„Wenn Sie uns bestätigen, dass Sie Kovac die Frauen abgekauft haben, dann lassen wir Sie gehen", antwortete Lena.

Hans van Eick lachte. „Ich lasse mir doch nichts anhängen. Im Übrigen belaste ich niemanden, den ich nicht einmal kenne."

Van Eick schien ein harter Brocken zu sein. Lena und ihre Leute hatten nichts in der Hand. Eleni Nagy hatte auch keinen Hans van Eick erwähnt.

„Sie haben heute im Stade de Suisse neben einem Mann gesessen, der seinen Rucksack zwischen ihre Sitze gestellt hatte. Während eines vermeintlichen Torjubels in der ersten Halbzeit, als alle aufgesprungen sind, haben Sie das Geld in diesen Rucksack gesteckt. Kurz danach hat sich der Mann entfernt. Wir haben ihn auf der Toilette verhaftet."

„Ich habe mich tatsächlich gewundert, warum sich der Mann vor der Pause davon gemacht hat", sagte van Eick. „Aber in seinen Rucksack habe ich nichts gesteckt. Ich verschenke nichts an mir unbekannte Menschen. Wie viel hatte er denn in seinem Sack?"

Lena ging nicht darauf ein. „Herr van Eick, Sie befinden sich in einer sehr ernsten Lage. Entweder Sie kooperieren mit uns oder wir müssen Anklage wegen Menschenhandels erheben."

„Die Fantasie geht mit Ihnen durch, Frau Kommissarin. Ich möchte einen Anwalt sprechen", entgegnete van Eick.

Höller schob ihm ein altes Telefonbuch zu und reichte ihm sein Diensttelefon. Van Eick lachte und sagte: „Um diese Zeit erreiche ich keinen Anwalt. Das muss wohl bis morgen warten. Ich gehe dann so lange in mein Hotel." Er stand auf. Höller und Kissling versperrten ihm den Weg zur Tür.

Lena sagte laut: „Herr van Eick, ich nehme Sie wegen des dringenden Tatverdachts auf Menschenhandel in mindestens zehn Fällen in Untersuchungshaft."

Van Eick lachte ihr ins Gesicht und streckte Höller, der Handschellen bereit hielt, die Hände entgegen: „Ich weiß Ihre Gastfreundschaft zu schätzen. Leider werde ich Sie in spätestens vierundzwanzig Stunden wieder verlassen."

Dienstag, 17. Juni 2008, 23.45 Uhr

Lena kochte vor Wut. Sie hatten Kovac direkt vor der Nase gehabt und ihn entkommen lassen. Morgen musste sie auch van Eick frei lassen, denn seinem Anwalt konnte sie die Geschichte von Kovacs Verhaftung nicht auftischen. Van Eick hatte spätestens dann vom Bluff Wind bekommen, als sie die angebliche Summe im Rucksack nicht hatte nennen können. Er war ein durchtriebenes Schwein, und sie hatten überhaupt nichts Konkretes in der Hand.

Es konnte letztlich auch sein, dass van Eick wirklich nur das Spiel in Bern besucht hatte. Schließlich waren ja offensichtlich alle Holländer verrückt nach Fußball.

Zum Glück fokussierte die Presse ihre Berichterstattung auf den Fußball und hatte den Mord an Ilka Horvat nur nebensächlich behandelt. Wenn die etwas mehr recherchieren würden, dann würden sie und ihr Team alt aussehen. Sie dachte an Jan. Plötzlich wollte sie nur noch nach Hause. Lena war die Letzte im Büro. Sie packte ihre Sachen zusammen und verließ das Präsidium. Draußen war immer noch Volksfest. Die Holländer schienen wirklich nie genug zu kriegen.

Als sie kurz nach Mitternacht ihre Wohnung betrat, saß Jan an seinem Laptop.

Sie küsste ihn auf den Mund. Er wollte noch schnell seinen Artikel fertig schreiben, dann würde er mit ihr etwas essen.

Jan hatte den Fernseher angestellt. Der Lokalsender berichtete von den Ereignissen in Bern. Plötzlich horchte Lena auf. Die Polizei hatte einen Osteuropäer verhaftet, der von Passanten nach einem Taschendiebstahl überwältigt worden war. Er trug keine Papiere bei sich und wollte keine Aussage machen. Die Polizei vermutete, dass es sich um einen Roma handelte. Jetzt wurde sein Bild eingeblendet. Lena fuhr der Schreck durch alle Glieder. Das war *er*, der Bruder des Mädchens, das ihretwegen in Rom gestorben war. Lena schrie auf. Jan fuhr hoch und eilte zum Sofa, wo Lena leichenblass niedersank und auf den Fernseher starrte. „Er ist hier", sagte sie und zeigte mit dem Finger auf den Bildschirm.

Mittwoch, 18. Juni 2008, 07.30 Uhr

Lena hatte schlecht geschlafen. Bereits um halb acht stand sie vor dem Untersuchungsgefängnis an der Hodlerstraße. Ein Beamter holte sie beim Empfang ab und führte sie zur Zelle des Rumänen. Durch den Schieber an der Tür konnte sie ihn nicht erkennen, weil er am Tischchen saß und sie ihn nur von der Seite sehen konnte. Sie nickte dem Beamten zu, der daraufhin die Türe aufschloss. Lena trat ein. Der junge Häftling drehte sich nach ihr um und sprang auf. Er wich zurück und rang nach Luft. Mit Lena hatte er offenbar nicht gerechnet. Aber auch sie war aufgewühlt und blieb an der Tür stehen.

Plötzlich begann der junge Mann zu reden. Er gestikulierte wild und schrie in der unverständlichen Sprache auf Lena ein. Der Beamte stellte sich schützend vor sie. Lena schlüpfte aus der Tür in den Korridor. Der Beamte verschloss hinter ihr die Tür. Drinnen schrie und tobte der junge Mann.

Lena sagte: „Ich kenne ihn. Er ist ein Roma mit rumänischen Wurzeln. Sein Clan hält sich in Rom auf. Von dort ist er wohl auch angereist. Er hat es auf mich abgesehen. Bringen sie ihn in ein Verhörzimmer auf das Präsidium."

Damit ließ sie den verdutzten Beamten stehen und eilte aus dem Gebäude. Erst draußen auf der Straße blieb sie stehen und atmete ein paar Mal tief durch.

Der Albtraum ging also weiter.

Mittwoch, 18. Juni 2008, 08.30 Uhr

Lena hatte Höller gebeten, an ihrer Stelle das Verhör zu führen. Sie saß aber zusammen mit Isabel an seiner Seite und fixierte mit ihrem Blick den jungen Mann, dessen Hände hinter dem Rücken in Handschellen lagen, und der einer Beamtin des Verkehrsdienstes mit rumänischen Wurzeln Höllers Fragen in seiner Muttersprache beantwortete. Der junge Mann hatte sich offensichtlich gefasst und sich dafür entschieden, Lena nicht zu kennen.

„Wie heißen Sie?", fragte Höller.

Janci Kaleja gab keine Antwort.

„Sie würden sich und uns die Sache leichter machen, wenn Sie uns Ihren Namen nennen würden", sagte Höller.

Janci starrte wortlos auf die Tischplatte.

„Was machen Sie in der Schweiz?", fragte Höller weiter.

„Ich lebe in Italien und besuche die Spiele sowohl der italienischen wie der rumänischen Mannschaft", antwortete der junge Mann.

„Hatten Sie ein Ticket für das Spiel gestern?", wollte Höller wissen.

„Nein, fast niemand hat Tickets bekommen. Aber vor Ort dabei zu sein, ist für die Mannschaft wichtig."

„Hat aber nichts gebracht", konnte Höller sich nicht verkneifen zu bemerken.

Die Beamtin übersetzte nicht. Also fuhr Höller fort: „Sie sind aus einem ganz anderen Grund hier."

„Nein, warum sollte ich? Keine Ahnung, wovon der Mann spricht", entgegnete Janci Kaleja.

„Sie wollen den Tod Ihrer Schwester rächen", stellte Höller klar.

„Ich habe keine Schwester", antwortete er.

„Sie hatten eine. Ihre Schwester ist vor einigen Wochen tödlich verunglückt. Und Sie geben meiner Kollegin hier die Schuld dafür."

„Was wollen Sie von mir? Ich kenne diese Frau nicht." Janci schaute Lena flüchtig an. Seine Augen flackerten.

„Und ob Sie sie kennen. Sie haben ihr in Rom mit dem Tod gedroht."

„Ich habe Ihre Kollegin noch nie gesehen", log er.

„Wo wohnen Sie?", wollte Höller wissen.

„Wir übernachten draußen", sagte Janci.

„Wir? Meinen Sie damit sich und den anderen Dieb, der entkommen ist?"

„Wir sind keine Diebe. Wir sind Fußballfans."

„Sie haben meine Frage nicht beantwortet. Wo wohnen Sie?", hakte Höller nach.

„Ich hab es schon gesagt. Draußen im Wald, in Parks, am Fluss."

„Wollen Sie mich verscheißern?", schrie Höller ihn an. „Sie klauen anderen Leuten das Portemonnaie und wollen mir weismachen, Sie hätten kein Zimmer."

„Ich schwöre bei meiner Mutter, ich stehle nicht", schrie Janci zurück. „Die Hotelzimmer hier in der Schweiz sind für uns Roma unbezahlbar."

„Wissen Sie, was ein Schwur aus Ihrem Mund wert ist?", schrie Höller weiter und ging zum Du über. Er stand auf und lehnte sich über den Tisch. Lena fasste ihn am Unterarm, aber er war nicht mehr zu bremsen. „Von wegen arme Romas. Das kennen wir zur Genüge. Wo hast du deinen Mercedes geparkt? Du verfluchte, verlogene Ratte besudelst die Ehre deiner eigenen Mutter."

Höller deutete mit dem Zeigefinger auf Lena. „Was willst du von ihr? Sag schon, was hast du vor?"

Janci Kaleja duckte sich und schaute Höller von unten her an.

„Hör gut zu, Zigeuner. Wenn du dieser Frau auch nur ein Haar krümmst, dann mache ich dich fertig, dann bist du tot. Hast du verstanden?" Höllers Stimme überschlug sich. Die Beamtin aus dem Verkehrsdienst versuchte einigermaßen sachlich zu übersetzen. „Hast du verstanden?", brüllte Höller.

In diesem Augenblick schnellte Janci hoch und rammte seinen Kopf in Höllers Unterkiefer. Höllers Kopf flog zurück. Blut spritzte auf den Tisch. Er spuckte einen Zahn aus. Lena war aufgesprungen und schlug Kaleja mit ihrer Handkante an den Hals. Er ging augenblicklich zu Boden, kam aber nach wenigen Sekunden wieder zu sich. Inzwischen waren zwei Beamte, die draußen gewartet hatten, in den Raum geeilt und überwältigten ihn. Der eine drückte ihm seinen Stiefel in den Nacken, der andere hielt seine Beine fest. Schließlich gab Janci Keleja seinen Widerstand auf und ließ sich abführen. Beim Hinausgehen warf er Lena einen vernichtenden Blick zu.

Höller hatte sich in die Zunge gebissen und blutete wie ein abgestochenes Schwein. Unter dem laufenden Wasserhahn versuchte er, die Blutung zu stillen und den Schmerz zu lindern. Aber es half nichts. Martinez eilte mit einem frischen, weißen Frottiertuch herbei. Höller stopfte sich das Ende in den Mund, um das Blut aufzusaugen. Isabel fuhr ihn, gemeinsam mit Martinez, mit Blaulicht in die Notaufnahme des Inselspitals, wo seine Zunge genäht werden musste.

Lena beantragte telefonisch Untersuchungshaft beim diensthabenden Staatsanwalt und bekam sie. Janci Kaleja wurde ins Untersuchungsgefängnis zurückgebracht. Dort würde sie ihn bis nach der EM 2008 schmoren lassen. Den flüchtigen zweiten Mann schrieben sie zur Verhaftung aus. Aber er blieb bis abends unauffindbar.

Van Eick mussten sie am frühen Nachmittag entlassen. Sie hatten die Anrufe, die von seinem Mobiltelefon aus getätigt worden waren, untersucht. Er hatte zweimal eine ungarische Nummer angerufen. Aber auch diese Nummer konnte nicht Kovac zugeordnet werden. Zudem hatte die holländische Polizei darauf gedrängt, van Eick frei zu lassen. Sie waren seit längerem an ihm dran und waren kurz davor, ihm einiges in Zusammenhang mit Menschenhandel und Schwarzarbeit lückenlos nachweisen zu können. Also ließ Lena ihn schweren Herzens ziehen. Er verhehlte seine Freude darüber nicht und wünschte Lena viel Erfolg auf der Jagd nach dem Phantom namens Kovac.

Mittwoch, 18. Juni 2008, 17.20 Uhr

Kurz vor Feierabend kam dann doch noch Bewegung in die Sache. Die Züricher meldeten sich und hatten interessante Neuigkeiten. Sie hatten zwar nach wie vor nicht die geringsten Hinweise auf Kovac. Aber im untersuchten Raster von Einzelpassagieren ab Zürich Richtung Osteuropa am fraglichen Datum war eine Person hängen geblieben. Am Dienstagmorgen, dem 10. Juni, war ein rumänischer Diplomat namens Sergiu Iliescu von Zürich nach Moskau und von dort weiter nach Bukarest geflogen. Und noch weitaus interessanter war die Tatsache, dass der gleiche Passagier gestern Morgen aus Bukarest in Zürich-Kloten eingetroffen und heute Morgen von Zürich aus wieder zurückgeflogen war. Lena jubelte innerlich. Sie dankte dem Beamten in Zürich und versprach, ihm eine gute und teure Flasche Wein zu schicken, wenn es sich bei dem Passagier um den Gesuchten handeln sollte. Sie verglich den Namen des Passagiers mit den Gästelisten der Hotels von gestern. Und tatsächlich war Sergiu Iliescu in Bern im Novotel beim Stade de Suisse abgestiegen. Lena war sich sicher, dass Sergiu Iliescu und Istvan Kovac ein und dieselbe Person waren.

Sie rief zuerst Höller an, der sich zuhause von der Attacke des Untersuchungshäftlings erholte, und berichtete ihm von ihrem Verdacht. Höller sprach mit schwerer Zunge, da er für die Operation eine Spritze erhalten hatte. Höller war auch der Ansicht, dass sie auf der richtigen Spur waren. Sie waren sich auch einig darüber, dass sie die rumänische Polizei vorläufig nicht informieren würden. Man wusste nie, schließlich verfügte dieser Kerl über einen Diplomatenpass.

In Rumänien waren die alten Seilschaften zwischen der ehemaligen Securitate und den Politikern immer noch aktiv. Heute wurden sie einfach für mafiöse Geschäfte genutzt. Lena wollte sich am Abend über das weitere Vorgehen Gedanken machen. Sie rief die anderen des Teams in ihr Büro und informierte sie über die neue Entwicklung. Spontan lud sie alle zu einem Bierchen in eine der zahlreichen Open Air Bars ein. Die Stadt war inzwischen wieder etwas zur Ruhe gekommen. Denn die Holländer waren nach dem Sieg gegen Rumänien Richtung Basel abgezogen. Dort sollte am kommenden Samstag das Viertelfinale gegen Russland oder Schweden stattfinden. Diese beiden Teams würden heute Abend um den Einzug ins Viertelfinale spielen.

Mittwoch, 18. Juni 2008, 21.00 Uhr

Anstatt direkt mit dem Bus nach Hause zu fahren, machte Lena mit der Straßenbahn einen Abstecher zum Stade de Suisse. Gleich gegenüber der Wendeschlaufe stand der Novotel-Turm. Sie ging geradewegs zur Rezeption und stellte sich vor.

„Ist bei Ihnen gestern ein Herr namens Sergiu Iliescu zu Gast gewesen?"

Die attraktive Dame tippte den Namen in ihren Computer und nickte.

„Ja, er hat für eine Nacht bei uns gewohnt. Er hat bereits um 6.30 Uhr heute Morgen ausgecheckt und ist danach mit einem Taxi zum Flughafen nach Zürich gefahren."

„Steigt Herr Iliescu öfter bei Ihnen ab?", wollte Lena wissen.

„Er war schon einmal da. Das ist noch nicht lange her. Er hatte am Donnerstag, den 5. Juni eingecheckt und ist dann am 9. Juni frühzeitig abgereist. Gebucht hatte er bis zum 18. Juni, also heute."

„Und mit wem hat Herr Iliescu Kontakt, wenn er sich in Bern aufhält?", forschte Lena weiter.

„Da bin ich überfragt. Er wurde einmal von einem Herrn aus dem Staatssekretariat für Außenwirtschaft abgeholt. Aber seinen Namen kann ich Ihnen nicht mehr sagen."

„Warum wissen Sie das so genau?", fragte Lena.

„Weil dieser Herr mir eine Geschäftskarte vorgelegt hatte, um ihn bei Herrn Iliescu telefonisch anzumelden. Darauf stand *Staatssekretariat für Außenwirtschaft*. Das konnte ich mir merken, weil ich gerne dort arbeiten würde."

„Aha. Sie haben mir sehr geholfen, danke", sagte Lena und verabschiedete sich.

Mittwoch, 18. Juni 2008, 21.50 Uhr

Jan saß vor dem Fernseher und schaute sich das Spiel Russland–Schweden in Innsbruck an. In der Halbzeit führten die jungen und quirligen Russen mit 1:0.

Lena beugte sich zu ihm hinunter und begrüßte ihn mit einem Kuss. In der Küche strich sie sich ein Brot. Sie würde sich zu ihm setzen, bis das Spiel zu Ende war. Lena hatte eine Idee gehabt. Aber darüber wollte sie mit Jan erst sprechen, sobald er sein Interesse ihr zuwandte. Es dauerte eine gute Stunde, bis Jan seinen Fußballhunger gestillt hatte. Als er endlich den Fernseher ausmachte, sagte Lena: „Jan, ich glaube, ich habe da was für dich. Wenn du diese Geschichte mit mir aufdecken kannst, dann wirst du erster Anwärter auf den Posten des Chefredakteurs."

Er schaute sie mit großen Augen an. „Schieß los", sagte er und griff nach seinem Schreibblock, der immer in seiner Nähe lag. Lena fasste zusammen, was sie in den letzten Stunden bezüglich Kovac in Erfahrung gebracht hatten und erläuterte ihm ihre Idee.

Jan hatte sofort angebissen. Er riet ihr aber ausdrücklich davon ab, das *Staatssekretariat für Außenwirtschaft* einzuweihen. Jan schlug vor, dass *er* dort anrufen würde und sich nach einem Ansprechpartner für ein Interview zur erweiterten Personenfreizügigkeit mit den neuen EU-Staaten auf rumänischer Seite erkundigen und auf diese Art versuchen wollte, an Kovac beziehungsweise Iliescu heranzukommen.

Lena hielt dies für einen guten Plan. Sollte es – und das war ihr Plan – Jan gelingen, Iliescu für ein Interview zu treffen, dann bekämen Iliescu/Kovac ein Gesicht ohne Sonnenbrille und Eleni Nagy könnte die Doppelidentität anhand der Fotos bestätigen. Damit hätten sie endlich etwas Konkretes in der Hand.

Vierter Teil: **Verlängerung**

Donnerstag, 19. Juni 2008, 08.30 Uhr

Jan hatte kurz nach 8.00 Uhr beim *Staatssekretariat für Außenwirtschaft* angerufen. Für Rumänien und Bulgarien war ein gewisser Werner Grossenbacher zuständig. Jan wurde direkt mit ihm verbunden.

Jan trug sein Anliegen vor. Herr Grossenbacher brauchte offenbar nicht lange zu überlegen.

„Ich kann Ihnen meinen persönlichen Ansprechpartner in Rumänien empfehlen", sagte er. „In den letzten Wochen hatte ich vermehrt mit einem sehr sympathischen Kollegen aus Bukarest zu tun. Sein Name ist Sergiu Iliescu. Ein sehr kompetenter Mann. Er wird Ihnen bestimmt Rede und Antwort stehen. Sie haben ihn übrigens gerade verpasst. Vorgestern Abend hat Herr Iliescu mit mir zusammen das Spiel Holland-Rumänien in Bern besucht."

„Das ist aber schade", bemerkte Jan. „Haben Sie vielleicht einen anderen Termin mit ihm hier in Bern?"

„Im Moment nicht", antwortete Grossenbacher. „Aber ich kann Ihnen seine direkte Nummer im Bukarester Ministerium geben. Das wird Ihnen die Sache erleichtern. Beziehen Sie sich ruhig auf mich."

„Das ist aber ausgesprochen freundlich", bedankte sich Jan. „Spricht Herr Iliescu Deutsch?"

„Nein, kein Wort", lachte Grossenbacher. „Aber er spricht nahezu perfekt Englisch."

„Das ist ja bestens", meinte Jan. „Übrigens: Wie ist ihm die Niederlage der Rumänen bekommen?"

„Ich glaube, es hat ihn nicht sonderlich erschüttert", antwortete Werner Grossenbacher. „Fußball ist offenbar nicht seine erste Leidenschaft. Er hat sogar die erste Halbzeit ausgelassen."

„Er ist erst zur zweiten Halbzeit gekommen?", fragte Jan und klang sehr erstaunt.

„Ja, er hatte noch irgendein Geschäft zu erledigen", antwortete Grossenbacher lachend. „Vielleicht hatte er auch eine Frau kennengelernt. Er ist ledig und kann ja schließlich tun und lassen, was er will."

„Aha, dann gibt es also doch noch Männer, bei denen Frauen auch während der Europameisterschaft vor dem Fußball kommen. Das würde meine Freundin freuen", scherzte Jan.

„Meine Frau auch. Aber in dieser Sache bleibe ich hart", sagte Grossenbacher.

Jan stellte sich das Beamtenehepaar Grossenbacher vor, verwarf aber den Gedanken gleich wieder. Er bedankte sich bei Werner Grossenbacher und verabschiedete sich.

Gleich darauf rief er Lena an und berichtete ihr, dass Iliescu mit Grossenbacher im Stadion verabredet, aber erst zur zweiten Halbzeit erschienen war.

Sie zeigte sich hocherfreut: „Das passt alles perfekt zusammen. Warum bist du nicht bei der Polizei, Jan? Das war brillant, wie du Grossenbacher diese Information entlockt hast."

„Weil Polizisten keine Interviews mit Diplomaten führen können", antwortete Jan. „Ich werde dir Iliescu auf dem Silbertablett liefern." Damit legte er auf und wählte die Nummer von Sergiu Iliescu in Bukarest.

Donnerstag, 19. Juni 2008, 09.05 Uhr

„Herr Iliescu ist noch nicht in seinem Büro, sagte Liviu Rotaru in gebrochenem Englisch. „Wenn Sie es vielleicht in einer Viertelstunde noch einmal versuchen würden ..."

„Okay, ich rufe um 9.20 Uhr noch einmal an", antwortete Jan. „Sind Sie sicher, dass Herr Iliescu keine Besprechung hat um diese Zeit?"

„Herr Iliescu hat heute Morgen keine Besprechungen", versicherte die rechte Hand Iliescus.

Genau eine Viertelstunde später versuchte Jan es erneut. Und er hatte Erfolg. Iliescu war persönlich am Apparat. Jan stellte sich vor und trug sein Anliegen vor. Dabei erwähnte er, dass Werner Grossenbacher ihn an Iliescu vermittelt hatte.

„Es freut mich, dass Sie über die Ausgestaltung des Freizügigkeitsabkommens zwischen der Schweiz und Rumänien berichten wollen, Herr Niklaus", sagte Iliescu. „Ich werde Ihnen gerne ein Interview dazu geben. Wir können uns hier im Ministerium treffen."

„Sie haben nicht zufällig einen Termin in der Schweiz in den nächsten Tagen oder Wochen?", fragte Jan.

„Nein, damit kann ich Ihnen nicht dienen. Ich werde allerdings in zehn Tagen das Finale der EM 2008 in Wien besuchen. Wenn es Ihnen nichts ausmacht, könnten wir uns irgendwo in Wien treffen."

„Das trifft sich ausgezeichnet", antwortete Jan. „Wegen des Finales bin ich ohnehin zusammen mit unseren Sportredakteuren in Wien."

„Ich reise bereits am Samstagabend an. Ich hätte also am Sonntagmorgen Zeit. Treffen wir uns doch um 10.00 Uhr in der Hofburg. Dort wird im Innenhof an der Morgensonne ein wunderbares Frühstück serviert. Sie sind mein Gast“, bot Iliescu an.

„Das nehme ich gerne an“, sagte Jan. „Sie erkennen mich an der Zeitung *Blick*, die ich gut sichtbar in der rechten Hand halten werde.“

„Okay, Herr Niklaus, dann sehen wir uns am übernächsten Sonntag in Wien“, sagte Iliescu und unterbrach die Leitung, noch bevor Jan alle seine Dankesfloskeln heruntergebetet hatte.

Donnerstag, 19. Juni 2008, 11.00 Uhr

Lena eilte mit der Neuigkeit sogleich zu Polizeichef Minder. Er war nicht besonders erfreut zu hören, dass sie ihren Journalisten-Freund bereits wieder für eine polizeiliche Ermittlung eingespannt hatte. Da sie aber sonst nichts hatten, willigte er ein, unter der Bedingung, dass Jan nichts schreiben würde, was von ihnen nicht freigegeben worden wäre.

Lena garantierte persönlich dafür, dass sie Jan davon abhalten würde. Das beruhigte Minder allerdings nicht. Seine Erfahrungen sowohl mit Jan Niklaus als auch mit seiner Kommissarin Lena Bellmann waren zwiespältiger Natur. Er hatte überhaupt keine Lust, noch einmal Kopf und Kragen für ihre unkonventionellen Methoden zu riskieren. Er willigte nur widerstrebend in Lenas Plan ein. Regierungsrat Strohmeier würde er gar nicht erst darüber informieren.

Sie vereinbarten, die rumänischen Polizeibehörden vorläufig außen vor zu lassen. Lena telefonierte aber mit Radványi in Budapest und informierte ihn über die neusten Erkenntnisse zur Person Istvan Kovac. Als Lena ihn inständig darum bat, die Information vertraulich zu behandeln und weder nach Bukarest weiterzuleiten noch in den Europol Computer einzugeben, zeigte sich Radványi verhalten kooperativ.

„Ich bin froh über jeden Fall, den wir einer ausländischen Polizeibehörde abgeben können. Aber in diesem Fall ist das Mordopfer eine Ungarin, die zudem noch in unserem Auftrag verdeckt ermittelt hat“, gab er zu bedenken. „Ich kann also nicht einfach die Hände in den Schoß legen. Wenn Sie uns aber auf dem Laufenden halten und uns danach Kovac oder Iliescu, wie er wahrscheinlich in Wirklichkeit heißt, überlassen, dann werden wir bis nach dem Treffen in Wien von unserer Seite aus nichts unternehmen."

„Ich werde Ihnen alle neuen Erkenntnisse sofort mitteilen", versprach Lena. „Aber ich brauche alle nötigen Unterlagen von Ihrer Seite, die uns helfen, ihn in Wien dingfest zu machen."

„Ich werde Ihnen bis Samstag alles übermitteln, was Ihnen nützlich sein könnte", versprach er.

Lena bedankte sich und beendete das Gespräch.

Kaum hatte Radványi aufgelegt, rief er sein Team zusammen. Als sich alle in seinem Büro versammelt hatten, verkündete er: „Die Schweizer haben vor uns herausgefunden, wer Istvan Kovac wirklich ist. Er ist in Wahrheit ein Scheißrumäne mit einem Diplomatenpass."

Donnerstag, 19. Juni 2008, 12.35 Uhr

Kalo Kaleja schlenderte durch die Straßen des Lorraine-Quartiers. Da sah er das Fahrrad. Es war unverschlossen an eine Mauer gelehnt. Er sah sich mehrmals um, ging einige Schritte die Straße rauf und dann wieder runter. Das Fahrrad war immer noch da. Er fasste sich ein Herz und griff zu. Wie ein Irrer trat er in die Pedale und fuhr über die Brücke Richtung Innenstadt. Erst als er den Hauptbahnhof erreichte, beruhigte er sich. Mit dem Fahrrad war er schneller unterwegs als zu Fuß. Tram und Bus konnte er sich nicht leisten. Und das Risiko, als Schwarzfahrer erwischt zu werden, konnte er nicht eingehen, nachdem sein jüngerer Bruder Janci wegen der Taschendiebstähle bereits in Haft war.

Er fuhr über den Bahnhofplatz hinüber zur Bundesgasse. Vorbei am Parlamentsgebäude und dem Fünfsternehotel Bellevue Palace führte ihn der Weg zur Kirchenfeldbrücke. Er fand Gefallen an dem Fahrrad und überquerte die Brücke, um von der anderen Seite aus den Blick auf die Altstadt zu genießen.

Als er aber am Helvetiaplatz die Straße überqueren wollte, geriet er mit dem Vorderreifen in die Straßenbahnschiene und überschlug sich.

Beim heftigen Aufprall mit dem Kopf auf dem Pflaster verlor er das Bewusstsein und blieb mitten auf der Straße liegen. Von einigen Gästen, die in der nahen Gartenwirtschaft ein Bier getrunken hatten, wurde er notdürftig gelagert, bis die herbei gerufene Ambulanz vor Ort war. Die Sanitäter packten den Bewusstlosen auf eine Bahre und fuhren ihn mit Blaulicht ins Spital. Er war die ganze Zeit über nicht ansprechbar. Und das sollte die kommenden Tage auch so bleiben.

Donnerstag, 19. Juni 2008, 14.30 Uhr

Die Lage in der Stadt hatte sich entspannt. Nachdem die Schweizer aus dem Turnier ausgeschieden und die Holländer nach Basel weitergezogen waren, genossen sie so etwas wie die Ruhe nach dem Sturm. Die Public Viewing Zones würden zwar auch bis zum Finale weiter betrieben, aber der Ansturm der Menschen hielt sich jetzt in Grenzen.

Lena freute sich auf einige ruhigere Tage. Sie beantragte bei Minder, Eleni Nagy aus der Schutzhaft zu entlassen und in einem preiswerten Hotel unterzubringen. Sobald sie Iliescu überführt und inhaftiert hatten, wollte Lena mit Eleni, wenn nötig auf eigene Kosten, nach Ungarn fliegen und sie dort bei ihrer Familie in Debrecen abliefern. Lena war es ein persönliches Bedürfnis, Eleni gesund und sicher nach Hause bringen zu können.

Sie fuhr mit Miklos Bartòk nach Hindelbank hinaus, wo Eleni im Frauengefängnis untergebracht war, und eröffnete ihr via Übersetzter ihre Pläne. Zu ihrer Überraschung reagierte Eleni Nagy völlig anders als Lena erwartet hatte: „Ich möchte auf keinen Fall in ein Hotel, bevor Kovac nicht in Haft ist. Er wird inzwischen wissen, dass ich abgesprungen bin. Das ist so gut wie mein Todesurteil. Er wird nicht eher ruhen, bis ich zum Schweigen gebracht wurde. Das macht mir schreckliche Angst. Nein, Ihr Angebot ist sehr freundlich, aber ich bleibe unter den gegebenen Umständen lieber im Gefängnis."

Bartòk schaute Lena an und zuckte mit den Schultern.

„Fragen Sie sie, ob ich sie denn jetzt schon nach Hause bringen soll?", forderte Lena Miklos Bartòk auf. Er leitete die Frage weiter.

„Nein, bitte nicht“, wehrte Eleni ab. „Ich warte so lange hier, bis Sie ihn haben. Ich habe es gut hier. Wenn Kovac in Haft sitzt, dann nehme ich Ihr Angebot gerne an, mich nach Hause zu begleiten. Denn ich hätte Angst, in Ungarn alleine zu reisen.“ Lena überlegte eine Weile. Dann fasste sie einen Entschluss. Sie änderte ihr Angebot, weil sie es unerträglich fand, Eleni im Gefängnis zu lassen. Jan war heute Mittag nach Zürich zurückgefahren. Sie war also alleine. Lena bot Eleni an, dass sie so lange bei ihr wohnen könne, bis sie Iliescu anhand der von Jan zu erwartenden Bilder als Kovac identifiziert und dies zu seiner Verhaftung geführt habe.

Elenis Gesichtszüge hellten sich auf, als Bartòk ihr das Angebot unterbreitete. Zum ersten Mal huschte ein Lächeln über ihre Lippen, als sie sagte: „Das ist lieb von Ihnen. Aber ich möchte Ihrer Familie nicht zur Last fallen.“

Lena lächelte zurück: „Ich wohne allein in der Wohnung. Mein Freund lebt in Zürich und meine Tochter ist bereits ausgezogen. Es ist also Platz genug für uns beide.“

„Dann kann ich dieses Angebot wohl nicht ausschlagen“, übersetzte Bartòk Elenis Antwort.

Donnerstag, 19. Juni 2008, 21.00 Uhr

Eleni hatte sich in Jennys Zimmer eingerichtet. Ihre wenigen Habseligkeiten, vor allem hautenge Klamotten und Reizwäsche, waren schnell verstaut. Lena lieh ihr einige von ihren Kleidern, damit Eleni sich unauffällig und normal anziehen konnte.

Als Eleni aus dem Badezimmer kam, war sie einfach eine hübsche junge Frau. Sie setzte sich zu Lena auf das Sofa und ergriff das Glas Wein, das Lena für sie bereitgestellt hatte. Sie prosteten sich zu.

„Und wie wollen wir nun zusammen reden?", fragte Lena auf Englisch.

Eleni setzte wieder ihr charmantes Lächeln auf und antwortete in gebrochenem, aber immerhin verständlichem Englisch: „Ich kann ein bisschen Englisch."

„Möchtest du mir deine Geschichte erzählen?", fragte Lena.

„Sie ist nicht interessant, nur traurig", sagte Eleni.

„Ich möchte dich und deine Geschichte aber gerne kennen lernen", entgegnete Lena, die wusste, wie gut es tun konnte, wenn jemand einem zuhörte und damit die Last auf den Schultern etwas leichter wurde. „Wie alt bist du?"

Eleni antwortete: „Ich bin vierundzwanzig Jahre alt."

Lena hatte sie mindestens vier Jahre älter geschätzt. Sie fragte: „Wie kam es dazu, dass du für Kovac gearbeitet hast?"

Eleni schwieg einen Augenblick, als ob sie abwägen würde. Mit den Fingern der rechten Hand rollte sie eine Haarsträhne. Dann schaute sie Lena an und begann zu erzählen, so gut es ihr Englisch zuließ.

Sie war in einem kleinen Dorf in der ungarischen Puszta

in der Nähe der Stadt Debrecen in ärmlichen Verhältnissen aufgewachsen. Ihr Vater arbeitete als Landwirt in einem sozialistischen Genossenschaftsbetrieb. Nach der Wende versuchte er sich im Tourismusgeschäft zu betätigen. Er eröffnete einen Souvenirkiosk. Aber es verirrten sich nur wenige westliche Touristen in diese Gegend. Und die hatten kein Interesse an dem billigen Ramsch aus Asien, den ihr Vater in seinem Lokal zu verkaufen versuchte. So war bald Schluss mit dem Traum von der Selbständigkeit.

Er musste sich in einem Hof für hunnische Reiterspiele als Stallbursche anstellen lassen. Die Familie aber konnte er mit seinem Lohn nicht ernähren. Die Mutter musste in einer Fabrik, in der Waschmaschinen zusammengebaut wurden, eine Stelle am Fließband annehmen. Nach dem EU-Beitritt machte diese Fabrik pleite und die Familie stand vor dem Nichts.

Eleni, die einzige Tochter, hatte den Schulabschluss problemlos geschafft und fand schlecht bezahlte Arbeit in einem Schuhgeschäft in Debrecen. Sieben Jahre lang versuchte sie eine andere Stelle zu finden. Vergebens. Zweimal die Woche besuchte sie am Abend Englischkurse, um ihre Sprachkenntnisse zu verbessern und die Tür zur Welt einen Spalt breit zu öffnen.

In dieser Zeit tauchte einer von Kovacs Männern im Dorf auf. Er versprach den hübschen jungen Mädchen Arbeit im Gastgewerbe während der EM 2008 in der Schweiz. Eleni war zwar misstrauisch. Der Typ war ihr absolut unsympathisch. Aber er hatte den Schlüssel zum Westen, zu Arbeit und anständiger Bezahlung. Damit war erstmal ein erster Schritt in ein besseres Leben getan. Es gab zwar andere Mädchen, die schlechte Erfahrungen gemacht hatten und sie warnten. Aber sie wollte gar nichts hören von wegen Prostitution. Wenn sie sich mit einem Mann dort einlassen musste, dafür aber Aussicht auf eine Heirat mit einem reichen Schweizer hatte, dann war das möglicherweise sogar in Ordnung. Sie sagte jedenfalls am Tag darauf zu, als der Mann wieder vor dem Schuhgeschäft auf sie wartete.

Am 30. April holte der Mann sie am Bahnhof von Debrecen mit zwei anderen Mädchen ab und fuhr sie nach Budapest.

Dort trafen sie auf ein halbes Dutzend anderer Mädchen. Sie wurden in zwei Räumen untergebracht. Man nahm ihnen die Papiere ab, weil man die angeblich benötigte, um die erforderlichen Bewilligungen einzuholen. Einer der Männer verteilte ihnen neue Klamotten.

Dann erschien Kovac. An seiner Seite war Ilka. Er hielt eine kurze Ansprache und versprach ihnen viel Geld. Danach rief er eine nach der anderen in sein Büro, während Ilka bei den anderen blieb. Einige der Mädchen wussten offenbar, worauf sie sich eingelassen hatten. Sie scherzten und zeigten einander gegenseitig die engen Tops und Höschen, die sie erhalten hatten. Eleni war mulmig geworden. Sie ahnte allmählich, worum es bei der Arbeit ging. Richtig bewusst wurde sie sich dessen aber erst in Kovacs Büro. Als sie seine Frage, ob sie denn wisse, was für eine Arbeit sie in der Schweiz erwarte, verneinte, öffnete er seine Hose und nahm seinen Schwanz hervor. Sie musste ihn hart reiben. Dann drängte er sie, ihn in den Mund zu nehmen. Sie fand es schrecklich. Nicht einmal ihrem Ex-Freund hatte sie diesen Dienst erwiesen. Er verlangte, dass sie daran saugte und leckte. Sie ekelte sich und würgte. Kovac lachte nur. Kurz bevor er kam, zog er ihn hinaus und spritzte ihr ins Gesicht. Er warf ihr eine Packung Papiertaschentücher zu und sagte, während sie weinend ihr Gesicht abwischte:

„Merk dir, nie ohne Gummi blasen. Sonst kannst du dir Aids einfangen."

Eleni weinte leise vor sich hin. Lena nahm sie in den Arm und wartete ab. Als Eleni sich beruhigt hatte, fragte sie: „Und danach?"

„Ich wurde von verschiedenen Typen aus Kovacs Truppe mehrmals vergewaltigt. Irgendwann habe ich dann aufgegeben."

„Und dann seid ihr nach Bern gefahren?"

„Ja, immer zwei Mädchen in einem Wohnmobil", berichtete Eleni. „Ilka ist gefahren. Ich habe keinen Führerschein."

„Was war Ilka für ein Mensch?", wollte Lena wissen.

„Ich bin aus ihr nicht schlau geworden damals", antwortete Eleni. „Sie war nett zu uns und gleichzeitig Kovacs Freundin. Das konnte ich nicht verstehen. Darum empfand ich Schadenfreude, als er sie zum Anschaffen zwang."

„Wie hat sie reagiert, als er ihr das eröffnete?", fragte Lena.

„Sie hatte Panik. Es muss schrecklich gewesen sein für sie, denn sie hatte überhaupt nicht damit gerechnet. Darum hat sie auch bei jemandem in Ungarn angerufen. Leider im falschen Moment."

„Das kann man wohl sagen", bemerkte Lena. „Wie war es denn für dich, diese Männer bedienen zu müssen?"

„Ich habe mich damit abgefunden. Es war eklig, aber ich war mit meinen Gedanken beim vielen Geld, das sie dafür bezahlten. Das hat es erträglich gemacht. Ich habe an einem Tag mehr verdient als in Ungarn in einem Monat. Ich wurde richtig gierig nach dem Geld."

Sie schwiegen beide. Lena konnte sich nicht vorstellen,

dass sie jemals dazu fähig wäre. Aber sie behielt ihre Gedanken für sich. Stattdessen fragte sie: „Hat etwas darauf hingedeutet, dass Kovac womöglich ein Doppelleben führte?"

„Er war plötzlich da, dann verschwand er wieder für ein paar Tage. Aber wir haben uns keine Gedanken darüber gemacht. Wir waren froh, wenn er weg war."

„Hat er Ilka jeweils mitgenommen, wenn er wegging?"

„Nein, nie", antwortete Eleni. „Sie passte auf uns auf."

„Du hast erzählt, dass man euch den Pass abgenommen hat. Dann bist du jetzt ohne Papiere?", fragte Lena.

„Nein, ich habe meinen Pass. Kovac hat ihn uns in Bern ausgehändigt, damit wir ihn der Polizei vorzeigen konnten, wenn sie eine Kontrolle machten. Du musst wissen, wir waren ganz legal da."

„Ich weiß", antwortete Lena. „Der Stadtrat hat euch zur Verstärkung des einheimischen Gewerbes eine Standplatzbewilligung erteilt. Ich erinnere mich an die Debatte."

Eleni schaute Lena verständnislos an. Lena winkte ab und fragte: „Willst du etwas essen? Ich hätte Lust auf Spaghetti."

„Oh ja, sehr gerne", antwortete Eleni. „Ich liebe Italien."

„Warst du schon mal dort?", fragte Lena.

„Nein", sagte sie. „Ich kenne es von Postkarten und aus Fernsehsendungen."

Freitag, 20. Juni 2008, 09.00 Uhr

Als Lena am Morgen ins Büro kam, fand sie eine Notiz von Isabel Kissling auf dem Schreibtisch: *Gestern ist ein papierloser Mann, der wie ein Roma aussieht, mit dem Fahrrad verunglückt. Er liegt im Inselspital im Koma. Vielleicht hat er etwas mit dem anderen Roma zu tun.*

Gruß Isabel

Lena griff sofort zum Telefon und bestellte Isabel zu sich ins Büro. Ohne zu grüßen, legte sie gleich los: „Was ist passiert mit diesem Roma?"

„Erstmal guten Morgen", entgegnete Isabel irritiert. „Der Unfall wurde gestern auf dem Helvetiaplatz von Passanten gemeldet. Laut Zeugenaussagen geriet er mit dem Vorderrad seines Fahrrades in die Tramschiene und überschlug sich. Er muss ziemlich hart auf den Kopf gefallen sein, denn er liegt seither im Koma."

„Und wie kommst du darauf, dass er ein Roma ist?"

„Er sieht dem anderen ziemlich ähnlich. Zudem ist der zweite Mann, der mit dem Dieb unterwegs war, immer noch flüchtig."

„Ja, das könnte passen", sagte Lena. „Warst du am Unfallort?"

„Nein, wir wurden von der Notfallstation aus angerufen, weil der Mann keine Papiere bei sich trug und schwer verletzt war."

„Okay, aber das ist ja offenbar ohne Fremdeinwirkung passiert. Dann ist es nicht unsere Sache", entgegnete Lena.

„Ich ging jedenfalls hin und hab ihn mir angeschaut", sagte Isabel leicht genervt. „Dabei habe ich auch an dein Problem gedacht."

„Mein Problem?“, fragte Lena etwas zu laut.

„Ja, Lena dein Problem. Die beiden Roma sind nicht zufällig oder wegen der Spiele hier. Das weißt du so gut wie ich. Du solltest den Tatsachen endlich ins Auge sehen. Die haben es auf dich abgesehen, Lena.“

„Und wenn dem so wäre?“, schrie Lena sie an. „Was können wir tun? Uns sind die Hände rechtlich gebunden. Wir können den einen wegen eines simplen Raubüberfalls nicht lebenslänglich einsperren und der andere hat sich ja selber außer Gefecht gesetzt.“

„Aber wir müssten vielleicht ihre Identität abklären, damit wir sie nach Italien abschieben können“, sagte Isabel mit ebenfalls erhobener Stimme.

„Dann macht's doch einfach. Muss ich denn immer alles selber in die Wege leiten?“, schrie Lena und war sich bewusst, dass sie sich völlig daneben benahm.

„Ja Lena, es ist deine Aufgabe, die Aufgaben an uns zu verteilen“, sagte Höller ganz ruhig, der mit Andreas Martinez und Birgit Möller von dem Geschrei alarmiert worden war und das Büro ungefragt betreten hatte. „Wir müssen das jetzt in die Hand nehmen.“

Lena fuhr sich durch die Haare und sagte mit bebender Stimme: „Ich bitte dich um Verzeihung, dass ich so ausgerastet bin. Die Sache geht mir nahe. Ich habe die Tatsachen einfach verdrängt. Du hast vollkommen recht, wir müssen uns darum kümmern.“

Dann wandte sie sich an Höller: „Kannst du das übernehmen, Reinhard?“

„Aber sicher, Lena. Wir suchen alle möglichen Schlafplätze in Parks, unter Brücken und entlang der Aare ab, ob wir ein Versteck mit ihren Habseligkeiten entdecken. Dort werden wir auch ihre Ausweise finden. Denn der Grund, dass sie keine Ausweispapiere bei sich tragen, ist mit größter Wahrscheinlichkeit der, dass die Polizei sie im Falle einer Kontrolle nicht als die Brüder dieser jungen Frau in Rom identifizieren kann. Sie gehen demnach davon aus, dass ihre Todesdrohung gegenüber der Berner Kommissarin im Polizeicomputer vermerkt ist. Ohne Papiere können wir sie auch nicht abschieben, weil ihre Herkunft unklar ist."

„Und, ist die Morddrohung des Bruders im Polizeicomputer erfasst", wollte Lena wissen.

„Nein, natürlich nicht. Es werden ja nur Delikte erfasst. Und eine Drohung unter den gegebenen Umständen wird kaum als Delikt gewertet. Darum meine Frage an dich: Gibt es Zeugen dafür, dass er dich mit dem Tod bedroht hat?"

„Ja, verschiedene Beamte der Polizei Roms waren dabei", antwortete Lena. „Um das aber schriftlich und eidesstattlich zu erhalten, musst du dich an Commissario Catti in Rom wenden. Das könnte allerdings dauern."

Höller seufzte. „Ich werde es einfach versuchen", sagte er und blickte in die Runde: „Wollen wir loslegen?"

Die anderen nickten und verließen mit Höller das Büro Richtung Besprechungszimmer. Isabel war die letzte, die den Raum verließ. Bevor auch sie sich in Bewegung setzte, sagte sie zu Lena: „Entschuldigung angenommen."

Freitag, 20. Juni 2008, 16.30 Uhr

Am späteren Nachmittag hatten Beamte der Bereitschaftspolizei die Habseligkeiten und die italienischen Ausweispapiere der Roma in einem Gebüsch hinter einem Brückenpfeiler unter der Lorrainebrücke gefunden. Sie brachten sie umgehend ins Präsidium.

Ihre Namen waren Kalo und Janci Kaleja. Das verunglückte Mädchen hatte den Namen Tera Kaleja getragen. Damit war die Sache klar.

Der inhaftierte Roma wurde von Höller und Martinez umgehend mit den neuen Erkenntnissen konfrontiert und darüber informiert, dass sein Bruder im Spital lag. Er reagierte sehr erregt und verlangte, dass er ihn im Spital besuchen dürfe. Als man ihm mitteilte, dass sein Bruder nicht ansprechbar sei, verfiel er in eine tiefe Traurigkeit. Er kauerte in einer Ecke seiner Zelle und weinte leise vor sich hin. Martinez und Höller verzichteten angesichts der schlechten Nachrichten, ihm auch noch belastende Zeugenaussagen der römischen Polizei betreffend seiner Todesdrohung gegenüber Lena Bellmann in Aussicht zu stellen.

Commissario Catti hatte sich sehr kooperativ gezeigt und versprochen, die beteiligten Beamten rasch zu befragen und ihre Aussagen von einem Richter beglaubigen zu lassen. Er konnte sich gut an die sympathische und attraktive Kommissarin aus Bern erinnern. Wenn er nicht verheiratet wäre und sie sich unter anderen Umständen als damals begegnet wären, hätte er sicher mit der hübschen Dame geflirtet, gab er zum Besten.

„Warum haben Sie sich dann nie nach ihrem Befinden

erkundigt?“, wollte Höller fragen, aber er ließ es bleiben. Italiener sind eben so, sie leben für den Moment, dachte er und warf den Zettel mit Cattis Nummer in den Papierkorb.

Freitag, 20. Juni 2008, 19.30 Uhr

Lena war früh nach Hause gegangen. Eleni war gerade dabei, für sie beide zu kochen, als sie ihre Sachen in der Garderobe ablegte. Sie folgte dem verführerischen Duft in die Küche und warf einen Blick in die Pfanne.

„Hm, das duftet aber exzellent", sagte Lena. „Wie nennt man dieses Gericht?"

„*Letscho*", antwortete Eleni. „Ich habe meine Furcht überwunden und bin in die Stadt einkaufen gegangen. In einem großen Warenhaus habe ich ungarische Wurst mit Paprika und Knoblauch gefunden. Diese in Zwiebeln mit weißen Pepperoni, Tomaten und Reis gekocht, ergibt ein leckeres Gericht. Am Schluss wird noch Ei darunter gezogen."

Lena steckte ihren rechten Zeigefinger in die Pfanne und leckte ihn ab. „Das schmeckt wirklich sehr gut. Ich deck' dann mal den Tisch."

„Alles schon parat", sagte Eleni.

Sie hatte auch den Tisch gedeckt und mit frischen Blumen dekoriert. Das war ihre Art, der Gastgeberin danke zu sagen. Lena war gerührt.

„Das ist sehr lieb von dir", sagte sie. „Du bist eine tolle Frau."

Eleni lachte und wischte sich eine Haarsträhne aus der Stirn.

„Ich bin nur eine gestrandete Nutte in einem fremden Land", antwortete sie.

Lena machte ein paar Schritte auf Eleni zu und drückte sie an sich. „Du bist eine kluge junge Frau, die ihr Glück versucht hat und im richtigen Augenblick abgesprungen ist. Ich bin stolz auf dich."

Eleni hatte feuchte Augen, als sie aufblickte und lachte. Mit der Hand wischte sie sich die Tränen weg.

„Ich war ziemlich dumm, auf diese Geschichte reinzufallen. Und ich habe meinen Körper aus purer Geldgier an widerliche Männer verkauft."

„Wir fahren bald nach Hause und dann versuchst du, diese Episode in deinem Leben so gut es geht zu vergessen."

„Und was erwartet mich zuhause?", sagte Eleni. „Eine schlecht bezahlte und anspruchslose Arbeit im Schuhgeschäft, ein Zimmer im Elterhaus, wo die Mutter mit dem Schicksal hadert und der Vater am Abend betrunken nach Hause kommt. Die meisten jungen Männer, die in der Region geblieben sind, sind arbeitslose Trinker, die keiner Frau, geschweige denn einer Familie eine Zukunftsperspektive bieten können."

„Nicht die anderen sind Schuld an unserer Misere", sagte Lena. „Du bist für dich und dein Leben verantwortlich. Fass dir ein Herz und mach etwas daraus. Warum ziehst du nicht mit einer Freundin zusammen? Nehmt euch eine kleine Wohnung in der Stadt und besucht abends Kurse, damit ihr eure Chancen auf dem Arbeitsmarkt verbessern könnt."

„Und wie soll ich das bezahlen?"

„Wie viel Geld hast du noch?", fragte Lena.

„Etwa 750 Franken. Aber das reicht kaum für den Flug nach Budapest", antwortete Eleni.

„Das habe ich einfach nicht gehört. Ich werde beantragen, dass der Staat deinen Rückflug übernimmt. Das dürfte kein Problem sein, da du nach wie vor in Schutzhaft bist."

„Du meinst, das funktioniert?"

„Klar haut das hin. Was möchtest du denn gerne lernen?"

„Ich würde gerne in einem Büro arbeiten. Anrufe entgegennehmen, Leute empfangen. Aber dazu muss ich Sprachen können."

„Englisch kannst du schon ein bisschen. Das kannst du noch verfeinern. Dann lernst du Deutsch oder Französisch dazu. In der EU sind Leute, die mehrere Sprachen sprechen, überall gefragt. Zudem siehst du toll aus. Wo also liegt das Problem?"

„Das ist ganz simpel: Ich kann diese Kurse nicht finanzieren."

„Okay, dann machen wir einen Deal: Wenn du mir versprichst, dich reinzuhängen, dann finanziere ich dir zwei Jahre lang die Kurse, die du brauchst."

„Lena, das kann ich nicht annehmen", stammelte Eleni. „Du hast selber eine Tochter, die studiert. Und das Leben hier ist sehr teuer."

„Das stimmt. Trotzdem kann ich es mir leisten. Ich möchte es tun. Es wäre mir eine Freude, dir zu helfen. Ich hätte dann die Gewissheit, dass es aus all der Scheiße, in der ich täglich wühle, einen Ausweg gibt. Deine Ausbildung wäre mein Lichtblick."

„Und wenn ich dich enttäusche?", fragte Eleni. „Wenn ich es nicht schaffe?"

„Du wirst es schaffen, dessen bin ich mir sicher. Ich kenne dich nur wenige Tage, aber ich weiß, dass du genug Power hast, um dich durchzubeißen, und dass du eine tolle Frau bist, die eine solche Chance einfach verdient. Ich habe mich entschieden." Lena fühlte sich großartig.

Eleni blieb einen Moment lang verlegen stehen. Lena breitete ihre Arme aus und sagte: „Komm schon. Worauf wartest du noch? Nimm mein Angebot einfach an, ein zweites kriegst du nicht."

Eleni machte den letzten Schritt auf sie zu und sie drückten einander herzlich.

„Jetzt lass uns aber endlich speisen, sonst kocht dein Essen an.“

„Um Gottes willen“, rief Eleni und eilte in die Küche hinüber, wo sich die Flüssigkeit in der Pfanne schon fast in Rauch aufgelöst hatte.

Freitag, 20. Juni 2008, 22.10 Uhr

Kurz nach 22.00 Uhr, als sie vor dem Fernseher saßen und sich das Newsmagazin des Schweizer Fernsehens anschauten, klingelte das Telefon. Es war Jenny, die sich von ihrer Abschlussreise nach Barcelona zurückmeldete. Es war alles gut verlaufen, bis auf die Tatsache, dass einige Jungs am letzten Abend zu viel getrunken und sich mit einheimischen Jugendlichen geprügelt hatten. Einer ihrer Klassenkameraden hatte sich dabei die Nase gebrochen.

Lena erzählte Jenny, dass sie Eleni für einige Tage bei sich einquartiert hatte und dass sie ihr die Abendkurse finanzieren wollte, die ihr den Start in ein besseres Leben ermöglichen sollten. Lenas Begeisterung übertrug sich auf Jenny, die das super fand und gestand, dass sie ihr eine solch soziale Ader gar nicht zugetraut hätte.

Als sie sich wieder zu Eleni aufs Sofa setzte, sagte sie: „Das war meine Tochter Jenny. Es ist alles okay mit ihr. Dann wollen wir doch mal sehen, was du im Newsmagazin in Deutsch alles verstanden hast. Denn deine Zukunft beginnt jetzt und heute."

Samstag, 28. Juni 2008, 10.30 Uhr

In der letzten Woche war nicht viel passiert; die Zeit schien stillzustehen. Am letzten Samstag war auch Holland gegen die junge russische Mannschaft unerwartet ausgeschieden. Die Holländer hatten in Basel 1:3 verloren.

In ihrer Abteilung waren neue Fälle dazu gekommen. Sie hatten ein Familiendrama in Worb zu klären, bei dem der Ehemann zuerst seine Frau erschossen und sich danach selber gerichtet hatte. Höller hatte zusammen mit Martinez den Fall übernommen. Die Sache war von Anfang an klar. Trotzdem gab es einen Haufen Bürokram. Ein Raubüberfall in der Altstadt, bei dem ein älterer Mann niedergeschlagen worden und mit mittelschweren Verletzungen liegen geblieben war, beschäftigte Birgit Möller und Isabel Kissling, die sich offenbar inzwischen wenigstens bei der Arbeit akzeptiert hatten. Die beglaubigten Aussagen aus Rom waren am Donnerstag per Fax eingetroffen. Sie bestätigten, dass Janci Kaleja Lena vor mehreren Polizisten massiv mit dem Tod bedroht hatte. Jonas Keller konfrontierte Janci in Gegenwart eines Untersuchungsrichters mit den Aussagen.

Für eine Anklage reichten die Drohungen nicht. Auch die Tatsache, dass die beiden Roma offensichtlich die Nähe der Kommissarin gesucht hatten, würde nicht ausreichen. Sie konnten nach wie vor behaupten, wegen der Spiele ihrer Mannschaften hier gewesen zu sein. Etwas anderes konnte man ihnen nicht beweisen. In ihrem Gepäck waren, außer einem Taschenmesser, auch keine Waffen gefunden worden.

Der Untersuchungsrichter eröffnete Janci Kaleja am Donnerstag, dass er mit einer baldigen Abschiebung nach Italien rechnen könne. Aus Sicherheitsgründen werde er aber einen mehrjährigen Landesverweis beantragen. Janci Kaleja erkundigte sich nach seinem Bruder. Der lag zu diesem Zeitpunkt immer noch im Koma.

Am Freitagabend hatten sie Lena aus dem Krankenhaus angerufen. Kalo Kaleja war aufgewacht und es ging ihm erstaunlich gut. Der verantwortliche Arzt hatte grünes Licht für eine Befragung am Samstagmorgen um 10.00 Uhr gegeben.

Lena war jetzt, zusammen mit Isabel Kissling, auf dem Weg ins Krankenhaus. Da man in unmittelbarer Nähe des Inselspitals keinen Parkplatz finden konnte, hatte sie einen normalen Streifenwagen bestellt.

Mit ihm konnte sie direkt vor den Haupteingang fahren und ihn dort auch stehen lassen. Sie begaben sich unverzüglich in die Neurologie und suchten nach dem Zimmer, in dem Kalo Kaleja untergebracht war. Das leergegessene Frühstückstablett stand noch auf dem Tischchen mit dem Schwenkarm. Aber der Patient lag nicht in seinem Bett. Die Toilettentür war offen. Vielleicht hatte man ihn zur Therapie abgeholt. Lena meldete sich bei der Stationsschwester. Sie wusste nicht, wo sich Kaleja im Moment gerade aufhielt. Aber sie nahm das alles völlig gelassen. Mit stoischer Ruhe telefonierte sie nacheinander mit der Physiotherapie, dem Röntgen und der Ernährungsberatung. Nirgendwo war Kaleja zu finden. „Warten Sie einen Augenblick, er wird schon auftauchen“, sagte die Stationsschwester.

Lena wurde nervös. Was, wenn der Patient nun abgehauen war? Ihr hier drinnen im Krankenhaus oder irgendwo draußen auflauerte? Sie warteten zehn Minuten, eine Viertelstunde. Nach zwanzig Minuten trat Lena ins Schwesternzimmer und sagte: „Er bleibt nach wie vor verschwunden. Hier stimmt etwas nicht. Sind Sie sicher, dass er nicht abgehauen ist?“

Diese Vermutung löste auch beim Pflegepersonal eine gewisse Hektik aus. Man schwärmte aus, suchte auf dem Raucherbalkon, in Duschboxen und Aufenthaltsräumen, auf anderen Stockwerken und im Restaurant in der Eingangshalle. Kaleja blieb wie vom Erdboden verschluckt. Als nach rund vierzig Minuten ein anderer Patient den Verlust seiner Kleider beklagte, erkannten auch die letzten Optimisten, dass Kalo Kaleja getürmt war.

Samstag, 28. Juni 2008, 18.00 Uhr

Die sofort ausgelöste Großfahndung blieb ohne Erfolg. Kaleja hatte sich in Nichts aufgelöst. Die Patrouillen rund ums Untersuchungsgefängnis, wo Kalos Bruder Janci saß, aber auch in den Straßen rund um Lena Bellmanns Wohnung wurden verstärkt. Aber er tauchte weder am einen noch am anderen Ort auf. Minder bot Lena Personenschutz an, aber sie lehnte trotz eines mulmigen Gefühls in der Magengegend unmissverständlich ab: „Ich bin doch Polizistin und werde wohl noch selber für meine Sicherheit sorgen können." Minder bat sie, doch wenigstens die Nacht im Präsidium zu verbringen. Auch das lehnte sie rundweg ab. Sie wollte Eleni auf keinen Fall alleine zuhause lassen.

Als Lena mit einem Dienstwagen nach Hause fuhr, rief Minder Reinhard Höller, Andreas Martinez, Birgit Möller, Isabel Kissling und Jonas Keller zu sich.

„Ich möchte, dass ihr heute Nacht abwechslungsweise zu zweit Lenas Haus im Auge behaltet, denn ich bin überzeugt, dass Kalo Kaleja es ernst meint. Die wollen Lena umbringen."

„Ich denke, wir sollten auch Jennys Zuhause im Auge behalten", sagte Birgit. „Wenn Kalo Kaleja Jenny etwas antut, dann ist das für Lena schlimmer, als wenn ihr selber etwas passiert."

„Daran habe ich noch gar nicht gedacht", sagte Minder. „Du hast recht, Birgit. An Jenny kommt er auch viel besser ran als an Lena selber."

„Aber wir sollten dafür sorgen, dass das sehr diskret abläuft", meinte Höller.

„Lena sollte damit nicht auch noch belastet werden."

„Heute ist Samstag. Jenny geht sicher aus. Da können wir sie nicht schützen“, gab Jonas zu bedenken.

„Du wirst ihr auf den Fersen bleiben. Mit deinem Alter fällst du unter den Teenies nicht auf“, spottete Birgit.

„Reagieren wir jetzt nicht ein bisschen hysterisch?“, fragte Martinez.

„Hysterisch?“, antwortete Isabel. „Immerhin liegen uns die Drohungen schriftlich vor. Und Tatsache ist, dass sich die beiden Brüder in Bern und damit in unmittelbarer Nähe von Lena und Jenny aufhalten. Da würde ich, auch wenn einer im Gefängnis sitzt, von höchster Alarmstufe ausgehen.“

„Das leuchtet ein. Wir dürfen kein Risiko eingehen“, sagte Martinez. „Wie organisieren wir uns?“

Höller übernahm das Zepter. Er fand Birgits Idee gut. Jonas sollte Jenny im Auge behalten und sobald Jenny den Nachhauseweg einschlagen würde, sollte Jonas Andreas unterstützen. Für den Rest der Nacht würden sie beide in Martinez Wagen vor Jennys Haustür sitzen.

Höller würde sich in einem Fahrzeug vor Lenas Haus installieren. Minder erklärte sich dazu bereit, die erste Schicht mitzumachen, damit Höller nicht alleine war.

Um 1.00 Uhr würden dann Birgit und Isabel übernehmen.

Martinez wäre nicht so weit gegangen. Er fand die Aktion leicht übertrieben, aber er schwieg. Als er aus dem Haupteingang trat und über den Vorplatz des Präsidiums auf den Waisenhausplatz zuschritt, sah er, dass er erwartet wurde. Ariane und seine beiden Töchter winkten ihm zu. Alle drei standen vor dem Oppenheim-Brunnen. Erfreut überquerte er die Straße bei Rot, hob beide Mädchen hoch und drückte sie an sich. Ariane küsste er auf den Mund.

„Aber Papa, das darf man nicht", sagte die Kleinere vorwurfsvoll.

„Was darf man nicht, mein Schatz?", fragte Martinez.

„Bei Rot über die Ampel gehen", antwortete seine Tochter mit erhobenem Zeigefinger.

„Und die Ampel darf kleine Mädchen nicht auf ihren Papa warten lassen", antwortete er. Ariane schüttelte lächelnd den Kopf.

„Dann lasst uns endlich nach Hause gehen", sagte Martinez zufrieden.

In einer Türnische beim gegenüberliegenden Schulhaus hatte Kalo Kaleja sich soeben einen neuen Plan zurechtgelegt. Er hatte Ariane erkannt. Sie war die Begleiterin der Kommissarin in Rom gewesen.

Samstag, 28. Juni 2008, 21.00 Uhr

Kurz vor dem Abflug nach Wien hatte Jan vom Flughafen in Zürich aus angerufen.

Sie hatten vereinbart, dass Jan mit seinem Mobiltelefon ein Bild von Iliescu schießen würde, das offiziell als kleines Portraitbild zum Interview in der Zeitung abgedruckt werden sollte. Kurz darauf würde er auf die Toilette verschwinden und Lena das Bild auf ihr Mobiltelefon schicken. Dann hätte Eleni die Gelegenheit, ihn als Istvan Kovac zu identifizieren.

Lena würde anschließend der Wiener Polizei die bis auf wenige Details vorbereiteten Akten per Fax übermitteln und den Antrag stellen, dass Iliescu bei der Ausreise in Wien verhaftet werden würde.

Radványi hatte inzwischen wie versprochen weiteres belastendes Material geschickt. Sie hatten die DNS von Kovac sowie detaillierte Erkenntnisse über Routen und einschlägig bekannte Kontaktpersonen, die von Kovac für den Frauenhandel benutzt wurden. Es war alles bereit. Sie brauchten nur noch den nächsten Morgen und Jans Fotos abzuwarten.

Samstag, 28. Juni 2008, 21.30 Uhr

Sergiu Ilescu war pünktlich in Wien-Schwechat gelandet. Die Maschine aus Bukarest war voll besetzt gewesen. Einige Rumänen hatten wohl damit gerechnet, dass ihre Mannschaft bis in das Finale vorstoßen könnte und vorsorglich Tickets besorgt. Solche Tickets waren rar. Man musste die richtigen Leute kennen und bereit sein, einige Tausend Euro auszugeben. Für den größten Teil der rumänischen Bevölkerung wäre so etwas unerschwinglich. Es gab aber eine kleine Elite, die sich fast alles leisten konnte. Sergiu Iliescu war Fußball völlig egal. Er benutzte das Spiel, um das Geld für die Frauen zu kassieren, die er für die Dauer der EM 2008 als Kovac von Budapest nach Wien vermittelt hatte. Ein Käufer aus Frankfurt hatte die Frauen, alles hübsche junge Dinger, für die Zeit danach übernommen und wollte sie an verschiedene Standorte in Deutschland bringen. Er hatte mit ihm für die Mädchen einen Preis von 250000 Euro in bar vereinbart. Dieses Geld würde er morgen während des Spiels im Stadion abholen. Als Deutscher erhoffte sein Klient auch etwas vom Spiel, denn die Deutschen trafen auf Spanien. Iliescu wünschte sich insgeheim, dass die Spanier die Deutschen vom Platz pusten würden. Er hasste die Deutschen. Am Morgen hatte er in der Hofburg einen Termin mit einem Journalisten aus Zürich. Der wollte ihn zum Thema „Personenfreizügigkeit zwischen der Schweiz und Rumänien“ befragen. Ausgerechnet ihn, dachte Iliescu schmunzelnd. Aber eigentlich hatte der Schreiberling schon den Richtigen angesprochen. Er verstand tatsächlich einiges davon.

Sonntag, 29. Juni 2008, 04.30 Uhr

Martinez hatte einen Thermosbecher mit heißem Kaffee mitgenommen. Er trank in kleinen Schlucken, um sich nicht den Rachen zu verbrennen. Um 3.00 Uhr hatte Keller ihn angerufen und er war losgefahren. Jenny war nach Hause gegangen und zusammen mit ihrer Freundin unbehelligt im Haus verschwunden. Kurz darauf ging in ihrer Wohnung das Licht aus. Jetzt beobachtete Martinez den Hauseingang. Aber alles war ruhig, und es wurde bereits allmählich hell. Keller schnarchte auf dem Rücksitz.

Isabel und Birgit hatten Minder und Höller kurz nach eins abgelöst. In der Straße war alles ruhig. Niemand lungerte herum oder verhielt sich anderswie verdächtig. Die beiden Frauen, die sich eigentlich überhaupt nicht mochten, kamen nicht umhin, miteinander zu reden. Und sie merkten, dass die andere nicht die blöde Kuh war, für die sie sie hielten.

Irgendeinmal gegen 4.30 Uhr, fragte Isabel: „Du stehst auf Frauen, nicht wahr?“

Birgit zögerte und starrte auf das Lenkrad. Dann antwortete sie: „Ja, warum fragst du?“

„Ich weiß nicht. Es interessiert mich einfach.“

„Was interessiert dich? Warum ich auf Frauen stehe oder wie das so ist?“

„Eigentlich beides“, antwortete Isabel und blickte sie von der Seite an.

„Männer haben mich nie interessiert, auch als Teenager nicht“, berichtete Birgit. „Ich fühlte mich immer von Frauen angezogen, die Mädchen haben mich erregt, nicht die Jungs.“

„Seltsam, kann ich mir nicht vorstellen", sagte Isabel. „Kräftige Oberkörper und Knackärsche sind doch geil."

„Nicht für mich, ich mag schlanke, jungenhafte Frauen, aber mit Brüsten und einer Muschi."

Isabel kicherte.

„Was hast du?", fragte Birgit. „Du hast gefragt. Bin ich dir zu direkt?"

„Nein, schon gut", sagte Isabel. „Was ist mit Frauen anders?"

„Keine Ahnung, ich hab ja nie mit einem Mann ...", antwortete Birgit. „Frauen sind sanft, forschend, ausdauernd. Es macht Spaß. Probier's doch mal aus."

Isabel wurde verlegen. „Ich weiß nicht. Ich hab da so meine Grenzen. Was, wenn es mir nicht gefällt?"

„Deine Partnerin muss einfach wissen, dass du Neuland betrittst. Lass es ruhig angehen. Sie wird es akzeptieren. Wir sind ja schließlich keine Männer, die einfach abspritzen wollen."

„Und woher willst du das nun wissen?", fragte Isabel.

Beide lachten. Isabel nutzte die Gelegenheit, das Gespräch zu beenden. „Ich mach mir mal Gedanken darüber, aber lassen wir es für den Moment gut sein."

„Okay, ich hab hier ein paar Adressen von Frauenlokalen", sagte Birgit. „ich meine, falls du experimentieren möchtest."

„Danke Birgit", sagte Isabel. „Ich hätte es nicht für möglich gehalten, dass wir mal über so etwas miteinander sprechen."

„Das ging mir genauso", antwortete Birgit. „Ich war, ehrlich gesagt, mehr als skeptisch, als uns Höller zusammen eingeteilt hatte."

„Er hat es wohl absichtlich getan", meinte Isabel.

Sie schwiegen und schauten beide zu Lenas Haus gegenüber. Es war alles ruhig. Kein Mensch weit und breit. Allmählich wurde es hell.

„Ich freue mich auf einen Kaffee, sobald der Laden da vorne an der Ecke seine Pforten öffnet“, sagte Isabel.

„Das dauert aber noch eine gute Stunde“, gab Birgit zur Antwort.

„Wenn er überhaupt öffnet“, meinte Isabel. „Heute ist Sonntag.“

Sonntag, 29. Juni 2008, 09.55 Uhr

Jan Niklaus betrat den Innenhof der Hofburg. Er wurde von der Sonne geblendet. Das Kaffeehaus lag rechterhand von ihm. Die meisten Tischchen waren schon besetzt.

Jan hielt die Zeitung so, dass jedermann die Titelspalte gut lesen konnte und stellte sich so hin, dass man ihn von allen Tischchen aus sehen konnte.

Ein Mann in einem schwarzen Anzug und Sonnenbrille winkte ihm zu.

Jan ging zu dem Tischchen und stellte sich vor. Der Mann wies ihn an, sich auf den freien Platz zu setzen.

„Darf ich Ihnen auch ein Frühstück bestellen?“, fragte Iliescu auf Englisch.

„Sehr gern“, antwortete Jan. „Die Österreicher verstehen es, zu schlemmen.“

„Das kann man wohl sagen“, bestätigte Iliescu. „Sie wollten mich also zur Personenfreizügigkeit zwischen der Schweiz und Rumänien befragen?“

„Ja, genau“, sagte Jan und stellte das eingeschaltete Aufnahmegerät auf das Tischchen. „Ist es Ihnen recht, wenn ich unser Gespräch aufzeichne?“

„Ja, das ist mir lieber, als wenn Sie mich im Nachhinein falsch zitieren“, antwortete Iliescu.

„Eigentlich geht es um mehr als nur die Personenfreizügigkeit. Sie können mir bestimmt auch Auskunft geben zu den Projekten, die mit dem Geld finanziert werden, das die Schweiz im Zusammenhang mit den bilateralen Verpflichtungen gegenüber der EU Rumänien zur Verfügung stellt.“

„Naja, aber das kann dauern“, sagte Iliescu. „Ich kann Ihnen lediglich eine Stunde gewähren.“

„Ich schlage vor, wir fangen gleich damit an“, schlug Jan vor.

„Sie fragen, ich antworte“, meinte Iliescu mit einer einladenden Geste.

Nach ungefähr einer Dreiviertelstunde, während der die beiden auch ihr reichhaltiges Frühstück verzehrt hatten, fasste sich Jan ein Herz und fragte: „Ich brauche ein Bild. Darf ich Sie vor dieser tollen Kulisse fotografieren?“

„Wenn es sein muss“, zierte sich Iliescu.

„Darf ich Sie bitten, die Sonnenbrille kurz abzunehmen?“

Iliescu nahm die Sonnebrille ab und steckte das Ende des einen Bügels in die rechte Mundecke.

„Sehr schön“, meinte Jan, der mit seinem Mobiltelefon mehrere Bilder schoss.

„Ist diese Qualität gut genug für die Zeitung?“, fragte Iliescu sichtlich irritiert.

„Mein Handy verfügt über eine bessere Auflösung als die meisten Kameras“, beschwichtigte Jan Iliescus Zweifel. Zu seiner Überraschung griff auch Iliescu nach seinem Mobiltelefon und fragte: „Darf ich?“

„Klar“, antwortete Jan lachend. Er schloss das Interview ab und erhob sich: „Wissen Sie, wo hier die Toiletten sind?“, fragte er Iliescu.

„Ins Lokal rein, dann links, rechts und wieder links. Ist nicht zu verfehlen, wenn Sie GPS dabei haben“, scherzte Iliescu. Jan schloss sich in einer Kabine ein und schickte Lena die Bilder als MMS. Sie bestätigte den Empfang. Kurz darauf erhielt er eine SMS: *Er ist es!* Während Jan sich den Weg zurück um Tisch suchte, erhielt auch Iliescu eine SMS. Sein Mittelsmann aus Zürich schrieb zurück: *Er ist Reporter. Aber seine Braut ist das Bullenweib aus Bern.*

Sonntag, 29. Juni 2008, 11.10 Uhr

„Wann fliegen Sie denn zurück nach Bukarest?“, fragte Jan.

„Ich nehme die erste Maschine morgen früh“, antwortete Iliescu.

„Meine Maschine nach Zürich geht auch am frühen Morgen“, sagte Jan. „Vielleicht begegnen wir uns ja zufällig am Flughafen.“

„Dann trinken wir zusammen den letzten dieser köstlichen Wiener Kaffees“, antwortete Iliescu.

Jan bedankte sich für das Interview und das Frühstück. Dann standen sie auf und verabschiedeten sich. Sie entfernten sich in entgegengesetzter Richtung voneinander, obwohl beide den gleichen Weg gehabt hätten.

Jan setzte sich beim Heldentor am Burgring auf eine Parkbank und wählte Lenas Nummer. Sie nahm den Anruf sofort entgegen.

„Er fliegt morgen mit der ersten Maschine nach Bukarest zurück“, berichtete Jan. „Das hat er mir jedenfalls gesagt.“

„Sehr gut. Dann bleibt genügend Zeit, die zuständigen Polizeidienststellen zu verständigen. Trotzdem müssen wir vorsichtig sein. Die rumänischen Behörden werde ich nicht informieren, immerhin hat Iliescu einen Diplomatenpass. Also ist es durchaus möglich, dass auch andere Stellen involviert sind.“

„Apropos Diplomatenpass“, warf Jan ein. „Können die ihn überhaupt verhaften?“

„Da wir ihn unter dringendem Mordverdacht mit eindeutigen Indizien festnehmen lassen wollen, wird ihm auch der Diplomatenpass nicht helfen“, antwortete Lena.

„Was habt ihr denn eigentlich gegen ihn in der Hand, außer Elenis Aussage“, wollte Jan wissen.

„Er hat verwertbare DNS-Spuren an Ilkas Leiche und im Maserati hinterlassen. Wir haben neben Elenis Aussage auch bald die Bestätigung von Werner Grossenbacher aus dem *Staatssekretariat für Außenwirtschaft*. Er wird in diesem Moment bei sich zuhause abgeholt und hierher gebracht, damit er Iliescu nicht warnen kann. Und wir behalten ihn so lange hier, bis Iliescu verhaftet ist. Und die holländische Polizei wird heute Herrn van Eick besuchen und ihn bestätigen lassen, dass der Mann auf dem Bild Kovac ist. Dann haben wir einen Teil der Ermittlungsergebnisse von Oberst Radványi aus Budapest auf dem Tisch. Zusammen mit unserer Theorie von der doppelten Identität wird das reichen, ihn festzusetzen. Eine DNS-Abnahme an Iliescu wird alles bestätigen und die Österreicher können ihn so lange einbuchten, bis die Schweiz, Radványi oder allenfalls Bukarest, weil es sich offenbar um einen rumänischen Staatsbürger handelt, das Auslieferungsgesuch gestellt hat. Der Prozess wird ihm dann in Bern, Budapest oder in Bukarest gemacht.“

„In Bukarest hätte er beste Chancen, frei gesprochen zu werden“, warf Jan ein.

„Das ist leider zu befürchten“, antwortete Lena. „Aber darauf haben wir keinen Einfluss. Unser Job ist es, die Verbrecher der Justiz zuzuführen. Was die mit ihnen macht, ist nicht unsere Sache.“

„Aber das ist doch frustrierend“, entgegnete Jan.

„Ja, das ist es verdammt noch mal“, entgegnete Lena genervt. „Und stell dir einmal vor, was dies für Frauen wie Eleni Nagy bedeutet.“

„Ich werde morgen am Flughafen sein und versuchen, Bilder von Iliescus Verhaftung zu schießen“, sagte Jan, um der Diskussion um Recht oder Unrecht aus dem Weg zu gehen. „Ist das für dich in Ordnung, wenn wir die auf der Titelseite und online bringen?“

Lena antwortete: „Ich sehe nichts, was dagegen spricht. Die Öffentlichkeit hat ein Anrecht darauf, zu sehen, dass wir ab und zu auch erfolgreich ermitteln.“

Sonntag, 29. Juni 2008, 11.15 Uhr

Iliescu hatte sich vergewissert, dass weder Jan Niklaus noch jemand anderer ihm folgte. Dann hatte er kehrt gemacht und war seinerseits Jan Niklaus gefolgt. Er hatte beobachtet, wie sich der Journalist auf eine Parkbank gesetzt und telefoniert hatte.

Das musste an sich noch nichts bedeuten. Aber Vorsicht war geboten. Zufall konnte das nicht sein, dass ihn ausgerechnet der Freund der Bullenfrau, die ihn fassen wollte, um ein Interview ersuchte. Und er hatte sich fotografieren lassen. Das war ein schwerer Fehler gewesen. Was, wenn sie seine Doppelidentität enttarnt hatte? Er musste handeln. Offenbar war der Journalist auf sich gestellt. Die österreichische Polizei war nirgends zu sehen. Also blieb ihm noch etwas Zeit, heil aus der Sache rauszukommen. Und vor allem wollte er heute Abend wie geplant die 250000 Euro kassieren.

Sonntag, 29. Juni 2008, 17.30 Uhr

Lena und ihr Team hatten alle nötigen Stellen kontaktiert und danach das Dossier entweder per Fax oder per Mail verschickt.

Da Sonntag war und sich zudem alles um das anstehende EM-Finalspiel in Wien drehte, war es nicht ganz leicht gewesen, die Verantwortlichen zu erreichen. Schließlich hatte sie bei der österreichischen Bundespolizei die Ansprechpartner gefunden. Dort hatte man nach Einsicht der zugestellten Fakten zugesagt, Iliescu am nächsten Morgen nach der Passkontrolle im Flughafen in Wien zu verhaften.

Lena fühlte sich leicht und heiter, auch wenn sie wusste, dass die Sache noch nicht ganz ausgestanden war. Sie wollte gerade zusammenpacken und früh nach Hause gehen, als Birgit und Isabel den Kopf bei ihr hereinsteckten.

„Wollen wir uns das EM-Finale nicht zusammen ansehen?", fragte Isabel. „Wir finden, nach dem, was wir in den letzten Tagen hier erlebt haben, wäre es vielleicht lustig, das Ende der Party gemeinsam zu feiern!"

Lena war überrascht, vor allem, dass ausgerechnet die beiden damit ankamen, trotzdem sagte sie: „Das ist eine gute Idee, aber ihr wisst, dass ich Eleni bei mir zuhause habe und ich möchte sie nicht alleine lassen."

Birgit und Isabel schauten sich gegenseitig an und kicherten. „Das ist kein Problem, dann kommen wir zu dir. Keine Sorge, wir bringen alles mit."

„Ja dann, ich erwarte euch um halb neun."

Draußen vor der Tür schlugen Isabel und Birgit auf den Erfolg ein. Es war Minders Idee gewesen, Lena mit diesem

Trick für den ersten Teil der Nacht im Auge zu behalten. Nach Mitternacht würden Martinez und Höller übernehmen, die sich das Spiel mit ihm zusammen im Präsidium ansehen sollten. Martinez hatte gar keine Freude, dass er die Nacht im Kreise seiner Arbeitskollegen verbringen sollte, aber er fügte sich.

Der arme Keller musste sich erneut Jenny an die Fersen heften. Das war einigermaßen schwierig, denn sie tauchte schon am späteren Nachmittag in der Masse der Public Viewing Zone auf dem Bundesplatz unter.

Sonntag, 29. Juni 2008, 18.20 Uhr

Der Anruf erreichte Lena kurz vor halb sieben. Sie war gerade dabei, Salat zu waschen und Karotten zu schneiden, als ihr Mobiltelefon klingelte.

Es war Ariane.

Lena freute sich und redete einfach drauflos: „Hallo Ariane, schön, dass du anrufst. Ich wollte dich sowieso fragen, ob du dir das Spiel bei uns anschaust, jetzt, wo Andreas im Präsidium bleiben muss. Wir haben hier eine Frauenrunde. Birgit und Isabel sind auch da. Du packst die Mädchen unter den Arm und kommst einfach her. Das wird lustig."

Am anderen Ende war Ruhe. Lena runzelte die Stirn und fragte: „Ariane?"

„Lena, einer der beiden Männer aus Rom ist hier. Er droht, die Kinder umzubringen."

Lena spürte, wie ihre Knie weich wurden. Sie setzte sich einfach auf den Küchenboden. Eleni kam herbeigelaufen und kauerte sich zu ihr nieder.

„Was hast du gesagt?", hauchte Lena in den Apparat. „Habe ich richtig verstanden? Er ist dort bei dir?"

„Ja, Lena, er hat beide Mädchen im Kinderzimmer eingesperrt und verlangt, dass du kommst." Arianes Stimme zitterte.

„Ich werde kommen", sagte Lena, die ihre Kräfte sammelte und versuchte, klar zu denken. Im Hintergrund hörte sie die Mädchen schreien. „Bleib ganz ruhig, unternimm nichts, was du später bereuen könntest. Ich bin gleich bei dir, hast du verstanden?"

„Ja Lena, hab ich. Bitte komm alleine", flehte Ariane. „Er meint es sehr ernst. Wenn hier die Polizei auffährt, dann bringt er die Mädchen um. Ich bitte dich, es alleine zu versuchen. Andreas darf nichts erfahren. Er dreht durch."

„Ich verspreche dir, die Kollegen nicht zu informieren", versuchte Lena zu beruhigen. Sie hatte sich wieder einigermaßen gefasst. „Ich bin sofort bei dir."

Sie rappelte sich auf, kritzelte etwas auf einen Zettel und sagte zu Eleni: „Eine Freundin von mir wird bedroht. Ich muss sofort zu ihr. Wenn ich mich bis halb acht nicht hier bei dir gemeldet habe, dann rufe diese Nummer an. Es wird Höller dran sein. Sag ihm, sie sollen sofort zu Martinez nach Hause fahren. Kaleja sei dort aufgetaucht und habe Martinez' Familie und mich in seiner Gewalt. Es steht alles auf dem Zettel hier. Kannst du das?"

Eleni nickte. Und schon war Lena weg.

Sonntag, 29. Juni 2008, 18.40 Uhr

Vor dem Wohnblock, in dem Martinez' Familie wohnte, gab es kein freies Parkfeld. Lena ließ den Wagen mit laufender Warnblinkanlage einfach auf der rechten Fahrspur stehen. Sie rannte über den Vorplatz ins Treppenhaus und vergewisserte sich, dass sich niemand darin aufhielt. Dann zückte sie ihre Dienstwaffe und entsicherte sie. Mit ausgestreckter Waffe, Stufe für Stufe der Wand entlang, gelangte sie vor die Wohnungstür. Drinnen war alles ruhig. Lena klingelte.

Sie hörte jemanden sprechen. Dann wurde die Tür geöffnet. Ariane stand kreidebleich vor ihr.

„Geh zur Seite", zischte Lena und drängte sich an ihr vorbei in den Flur. Am Ende des Flurs stand Kalo Kaleja mit der kleinen Tochter von Andreas und Ariane. Er drückte ihr die Klinge eines Messers an die Kehle. Das Mädchen wimmerte. Seine Schwester hörte Lena im Zimmer um Hilfe rufen. Lena richtete die Waffe auf sein Gesicht und ging langsam auf ihn zu.

„Lass sofort das Kind los, du gottverdammter Drecksack", schrie sie ihn an. Er drückte die Klinge fester in den Hals des Mädchens. Ein Streifen Blut rann unter seinen Fingern hervor. Ariane schrie auf und hielt sich die Hände vor das Gesicht.

Lena blieb stehen. Sie nahm die Waffe herunter.

„Ganz ruhig", sagte sie und fixierte seinen Blick. Seine Augen flackerten. Sie sicherte die Pistole, nahm das Magazin heraus und steckte es in ihre Jeans-Gesäßtasche. Dann legte sie die Waffe auf den Boden und hielt die leeren Hände hoch. Langsam ging sie auf ihn zu. „Du kannst *mich* haben, aber lass das Kind los“, sagte sie. Er wich mit dem Mädchen zurück ins Wohnzimmer. Dort war mehr Platz. Lena redete unaufhörlich auf ihn ein, während sie um ihn herum ging.

„Ich habe deine Schwester auf dem Gewissen, also nimm es mit mir auf. Töte meinetwegen *mich*, aber doch nicht ein kleines unschuldiges Mädchen. Du bist ein Feigling …“

Hinter ihr war jetzt die Tür zum Balkon. Sie öffnete sie mit der einen Hand, ohne den Blick von ihm abzuwenden. Rückwärts trat sie auf die Schwelle. Plötzlich stieß er das Kind weg und packte Ariane, die sich ihm von hinten genähert hatte.

Er nahm sie in den Schwitzkaste und kam mit ihr bis zur Balkontür. Lena wich nach draußen zurück. Plötzlich stach er Ariane in die Seite. Sie sank zu Boden. Das Mädchen saß am Boden und schrie. Kalo Kaleja betrat den Balkon und kam Lena mit dem blutigen Messer entgegen. Gleich würde er sie in die Ecke gedrängt haben. Jetzt musste sie handeln. Sie stürzte sich auf ihn, konnte seine Hand mit dem Messer greifen und drängte ihn seitlich ab. Er schlug mit dem Steiß ans Geländer und verlor für einen Augenblick den Halt. Sie ging auf die Knie, umklammerte seine Beine und riss sie hoch. Er kippte hintenüber und versuchte, das Geländer zu greifen. Dabei ließ er das Messer fallen. Er erwischte aber nur einen Balkonkasten aus Eternit, der aus der Halterung gerissen wurde. Lena warf sich mit der ganzen Kraft gegen seinen Oberkörper, der in der Schwebe hing. Er stürzte über die Balustrade. Mit einem Aufschrei fiel er in die Tiefe und schlug auf den Rasen auf, wo er seltsam verdreht liegen blieb. Wenige Augenblicke später waren die Leute der Sondereinheit über ihm. Aber das war nicht mehr nötig.

Eleni hatte Höller sofort angerufen, nachdem Lena aus der Wohnung gestürmt war. Noch während des Kampfes auf dem Balkon waren die Einsatzwagen eingetroffen. Auch ein Notarzt war unter ihnen. So konnte Ariane an Ort und Stelle versorgt werden. Noch während sie am Boden liegend einen Notverband erhielt, umarmte sie ihre beiden Mädchen, bevor diese von Andreas aus der Wohnung zu ihrer Oma gebracht wurden.

Lena saß immer noch zitternd auf dem Balkon in einem Lehnstuhl. Sie wirkte wie weggetreten. Andreas Martinez hatte ihr schwere Vorwürfe gemacht. Minder und Höller standen bei ihr. „Lena, hörst du uns?", fragte Höller.

„Ja, ich höre euch", antwortete sie, ohne sie anzusehen.

„Sie dürfen doch nicht eigenmächtig handeln und damit sich und andere Leute in solche Gefahr bringen", schimpfte Minder. „Was haben Sie sich dabei gedacht?"

„Ich trage die Schuld, dass das passiert ist", gab sie zur Antwort. „Also ist es auch an mir, es auszubaden."

„Sie sind Polizistin, Frau Bellmann", sagte Minder. „Sie kennen doch die rechtlichen Grundlagen in solchen Fällen. Wie konnten Sie nur?"

„Vielleicht ist das nicht der geeignete Zeitpunkt für solche Diskussionen", sagte Höller etwas lauter als beabsichtigt. Jedenfalls zog Minder beleidigt ab. Höller fasste Lena bei der Hand und fragte: „Soll ich dich ins Krankenhaus fahren?"

„Warum ins Krankenhaus?", fragte sie zurück. „Ich will einfach nur nach Hause. Wie geht es Ariane?"

„So wie es auf den ersten Blick aussieht, ist kein Organ lebensgefährlich verletzt. Sie wird bald wieder okay sein", antwortete Höller.

„Sie wird nie wieder unbeschwert sein können, nach diesen Erlebnissen", entgegnete Lena. „Kannst du mir bitte ein Stück Papier und einen Kugelschreiber besorgen?"

„Wofür denn?", fragte Höller. „Kann das nicht warten?"

„Nein, das muss jetzt sofort geschehen", antwortet sie mit fester Stimme.

Höller suchte in der Wohnung nach Papier und Schreibzeug. Damit ging er zurück auf den Balkon und reichte es Lena. Sie schrieb einen kurzen Text auf das Papier:

Bern, 29. Juni 2008

Hiermit kündige ich meine Stelle
bei der Polizei zum 30. September.

Sie unterschrieb mit *Lena Bellmann* und riss das Blatt vom Block. Dann stand sie auf, ging ins Wohnzimmer, wo Minder neben dem Notarzt stand, und überreichte ihm den Zettel. Sie bückte sich zu Ariane hinunter, nahm ihre Hand und fragte: „Kannst du mir je verzeihen, was ich dir angetan habe?"

„Du hast mir doch nichts getan. Du hast uns befreit", antwortete Ariane mit schwacher Stimme. „Ich bin dir unendlich dankbar."

Lena lächelte: „Ich besuche dich morgen im Krankenhaus."

Damit stand sie auf und wollte gehen. Minder rief ihr nach: „Jetzt bleiben Sie mal stehen. Das können Sie doch nicht machen. Sie stehen unter Schock. Sie sind doch gar nicht klar im Kopf."

Lena blieb stehen und drehte sich um: „Ich sehe so klar wie noch nie in meinem Leben." An die anderen gewandt fragte sie: „Ich möchte nach Hause. Kann mich jemand fahren?“

Höller griff ihren Oberarm und führte sie durch den Flur zur Wohnungstür. Minder rief ihnen nach: „Sie können doch jetzt nicht einfach gehen. Wir wissen ja nicht einmal, was hier eigentlich passiert ist!“

Höller drehte sich um und sagte: „Jetzt halten Sie endlich die Klappe.“

Sonntag, 29. Juni 2008, 21.00 Uhr

Alle verpassten den Beginn des Spiels. Jonas wurde von der Überwachung zurückgerufen, um beim Papierkram zu helfen. Minder war nach Hause gefahren und Höller hatte keine Lust mehr auf Fußball. Andreas war bei seiner Frau im Krankenhaus. Birgit und Isabel waren von Höller informiert worden und kamen fast gleichzeitig mit Lena und Höller vor Lenas Haus an. Während Höller zurück ins Büro fuhr, kümmerten sich Birgit und Isabel gemeinsam mit Eleni um Lena.

Lenas schockartiger Dämmerzustand hatte sich gelöst. Sie wurde von einer unendlichen Müdigkeit übermannt, begleitet von wiederkehrenden Weinkrämpfen und einer totalen Leere. Die Frauen kochten Tee und nippten an dampfenden Tassen statt an Weingläsern.

„Es ist vorbei, Lena, dieser Mann wir dich nie mehr belästigen", versuchte Isabel zu trösten.

„Sein Bruder wird ihn rächen oder jemand anderes aus dem Clan. Sie werden so lange jemanden schicken, bis ich tot bin", antwortete Lena. „Jetzt erst recht, nachdem ich schon zwei Kinder dieser Familie getötet habe."

„Du hast sie nicht getötet. Das eine war ein Unfall und heute war es Notwehr", entgegnete Isabel.

„Ich habe ihn mit voller Absicht über das Balkongeländer gekippt", sagte Lena. „Ich wollte ihn für alle Zeiten los sein."

„Wenn es so gewesen ist, dann behalt es einfach für dich", sagte Birgit kühl und sachlich. „Man wird dir nichts in dieser Art anhängen wollen."

„Ich habe zwei Menschenleben ausgelöscht, meine beste Freundin ist schwer verletzt, ihre kleinen Mädchen und

Andreas sind für immer traumatisiert. Was ist nur mit mir los?", fragte Lena schluchzend.

„Das ist doch alles nicht deine Schuld Lena, wirklich nicht." Die Frauen versuchten, sie zu beruhigen, Eleni nahm sie in den Arm.

Im Flur ging die Türe. Es war Jenny, die ebenfalls von Höller informiert worden war. Sie stürzte ins Wohnzimmer auf ihre Mutter zu. Die anderen Frauen traten einen Schritt zurück. Jenny nahm Lena in den Arm und wiegte sie sanft hin und her. Sie sprachen nichts. Kurz darauf klingelte es an der Haustür. Birgit öffnete die Türe.

Es war Ursula Bommer, die Polizeipsychologin. Sie fragte: „Höller hat angerufen und mich gebeten, vorbeizuschauen. Wie schlimm ist es?"

„Schlimm", antwortete Birgit. „Sie gibt sich die Schuld für alles, was passiert ist."

„Das ist normal", meinte Ursula Bommer. „Es kommt oft vor, dass die Opfer sich schuldig fühlen. Das wird seine Zeit brauchen."

Die sechs Frauen waren im Wohnzimmer versammelt. Lena, eine heiße Tasse Tee in der Hand, blickte in die Runde und sagte: „Jetzt habe ich euch allen den Sonntagabend und das EM-Finale verdorben."

„Was ist denn das für ein Quatsch?", protestierte Birgit. „Wenn es das brauchte, damit wir hier zusammensitzen und uns so nahe sind, dann war es das wert. Wir halten alle zu dir."

„Wir hätten ohnehin das Fußballspiel zusammen angeschaut, Wein getrunken und unbeschwert herumgealbert", entgegnete Lena. „Wäre das nicht viel besser gewesen?"

„Wir wären auch gekommen, um dich im Auge zu behalten", gestand Isabel. „Wir machten uns Sorgen um deine Sicherheit, nachdem Kaleja aus dem Spital getürmt war. Wir müssen dir etwas gestehen: Der Besuch heute Abend war mit Höller und Minder abgesprochen."

Lena machte große Augen. „Ach, so ist das? Ihr wolltet auf mich aufpassen?"

„Ja, auch gestern Nacht haben wir vor deinem Haus im Auto gesessen", sagte Birgit. „Das ganze Team hat sich abgewechselt. Sogar Minder hat mitgemacht. Und Jonas und Andreas haben die ganze Nacht auf Jenny aufgepasst."

Lena schlug sich die Hand vor den Mund. „Jenny, daran habe ich gar nicht gedacht. Dass sie auch dir etwas antun könnten."

„Und wir haben dabei glatt vergessen, dass Ariane mit dir in Rom war, dass die beiden Brüder sie damals gesehen hatten."

„Warum habt ihr mir nichts von der Überwachung gesagt", fragte Lena.

„Weil du Dickkopf sie mit Sicherheit abgelehnt hättest", antwortete Birgit.

„Stimmt", bestätigte Lena. „Ich bin gerührt." Sie wandte sich an Eleni: „Öffnest du bitte die Weinflasche, die in der Küche bereit steht?"

Ursula Bommer warf dazwischen: „Ich finde es keine gute Idee, jetzt Wein zu trinken."

Lena ignorierte ihren Einwand: „Ich möchte auf die Freundschaft anstoßen, die ich heute, neben all dem Hässlichen, auch erfahren durfte", sagte sie. „Und ich habe euch etwas mitzuteilen."

Eleni und Jenny hatten die Flasche geöffnet und die Weinkelche auf das Sofatischchen gestellt. Eleni verteilte den Inhalt der Flasche so gerecht wie möglich auf die sechs

Gläser. Lena hob ihres hoch und verkündete: „Ich danke euch, dass ihr euch so intensiv um mich kümmert. Ich weiß das wirklich zu schätzen, weil ich als eure Chefin, Eleni und Jenny natürlich ausgeschlossen, nicht unbedingt damit rechnen konnte. Ich habe aber auch eine Entscheidung getroffen. Seit längerem ist mir klar – und seit heute weiß ich es mit Bestimmtheit – dass ich diesem Beruf nicht gewachsen bin. Ich habe deshalb vorhin, noch in Arianes Wohnung, Minder meine Kündigung überreicht."

Ein Aufschrei hallte durchs Wohnzimmer.

„Das kannst du doch nicht machen." „Wir brauchen dich." „Das solltest du dir gut überlegen." „Schlaf noch einmal drüber." Alle redeten durcheinander. Jenny stand auf und sagte so laut, dass es alle hören konnten: „Mam, ich gratuliere dir zu diesem Entschluss. Du hast völlig richtig gehandelt, indem du endlich begriffen hast, dass du allein die Welt nicht verbessern kannst und dass es dich zu Grunde richtet. Ich bin stolz auf dich, dass du den Mut aufgebracht hast."

Alle schwiegen. Lena lächelte schwach, als sie Jenny antwortete: „Es war alles andere als mutig, mein Schatz. Es war die Verzweiflung darüber, was ich meinen engsten Freunden mit meinem Beruf antue, die mich endlich dazu bewogen hat, den längst fälligen Schritt zu tun." An der hitzigen Diskussion, die ihrer Ankündigung folgte, beteiligte sich Lena nicht. Irgendwann schlief sie erschöpft ein, während die anderen über den Sinn und die psychischen Belastungen des Ermittlerseins debattierten. Erst gegen Mitternacht kam jemand auf die Idee, den Fernseher einzuschalten und wenigstens das Resultat des EM-Endspiels in Erfahrung zu bringen. Im Teletext konnten sie in roten Lettern lesen, dass Spanien Deutschland mit 1:0 besiegt hatte.

Montag, 30. Juni 2008, 07.10 Uhr

Jan war schon um 7.00 Uhr am Flughafen Schwechat. Mit seiner Kamera bewegte er sich in der Nähe der Passkontrolle hin und her und hielt Ausschau nach Iliescu. Es fiel ihm auf, dass nach der Passkontrolle mehrere Polizeibeamte einfach dastanden. Sie hielten sich offenbar für die vorgesehene Verhaftung bereit. Da um diese Zeit viele Flugzeuge von Wien aus in die Welt hinaus starteten, drängten sich immer mehr Passagiere vor den Schaltern.

Jan hatte Mühe, den Überblick nicht zu verlieren. Einmal glaubte er, Iliescu an seiner Statur zu erkennen. Aber der Mann hatte dunkle Haare und trug einen Schnauzbart sowie eine schmale Brille. Die Maschine nach Bukarest sollte um halb acht abheben. Auf der Anzeigetafel war diese Startzeit vermerkt. Es war inzwischen zwanzig nach und Iliescu war noch immer nicht erschienen. Jan wurde nervös. Hatte Iliescu den Zweck des Interviews durchschaut und ihn reingelegt? Er tigerte hin und her und reckte den Hals über die Menge. Iliescu kam nicht.

07.35 Uhr wurde der Flug nach Bukarest auf der Anzeigetafel gelöscht. Jan konnte sehen, wie die Beamten hinter der Passkontrolle abgezogen wurden.

Er fluchte leise vor sich hin, so dass mehrere Leute ihn erstaunt anschauten. Jan klaubte sein Mobiltelefon aus der Tasche und rief Lena an.

Montag, 30. Juni 2008, 07.40 Uhr

Es war Jenny, die den Anruf entgegennahm.

„Hallo Jan", sagte sie. „Lena schläft noch. Sie hatte gestern ein Horrorerlebnis mit diesem einen Roma."

„Was ist passiert?", fragte Jan erschrocken.

„Er hatte Ariane in seine Gewalt gebracht und sie gezwungen, Lena anzurufen. Sie ist dann auf eigene Faust da hin und hat sich mit dem Typen angelegt."

„Wurde sie verletzt?", wollte Jan wissen.

„Nein, sie hat ihn einfach über den Balkon hinaus geworfen. Er ist tot", berichtete Jenny.

„Was hat sie gemacht?" Jan konnte nicht fassen, was er da hörte. „Sie hat ihn ..."

„Ja, du hast schon richtig verstanden, sie hat ihn über das Balkongeländer gestoßen. Aber jetzt bereut sie es natürlich. Du kennst sie ja."

„Um Gottes willen, diese Frau ist wirklich unberechenbar", sagte Jan.

„Sie hat gekündigt", sagte Jenny.

Jan war sprachlos. „Sie hat einfach gekündigt? Das war eine für Lena typische Kurzschlusshandlung. Bestimmt wird sie das rückgängig machen."

„Das denke ich nicht. Sie hat mit uns darauf getrunken", entgegnete Jenny. „Ich finde übrigens ihre Entscheidung richtig. Aber warum rufst du eigentlich um diese Zeit an?"

„Ich bin in Wien und habe schlechte Nachrichten für Lena", sagte Jan.

„Das kann sie jetzt wirklich nicht brauchen", antwortete Jenny.

„Was kann ich jetzt nicht brauchen?", fragte Lena, die plötzlich im Morgenmantel hinter ihr stand. „Ist es Jan?"

„Ja“, sagte Jenny und reichte ihr den Hörer.

„Jan, was ist passiert?“, fragte Lena aufgeregt.

„Iliescu ist nicht zum Flughafen gekommen. Er hat mich offensichtlich durchschaut.“

Lena fand keine Worte. Sie schwiegen beide. Dann fragte Jan: „Und was ist mit dir, wie geht es dir?“

„Mir geht es gut. Ich erzähl dir später davon. Ich muss jetzt sofort ins Präsidium.“

Sie knallte den Hörer auf die Station und eilte ins Badezimmer. Kurz darauf kam sie angezogen heraus, suchte ihren Autoschlüssel und schlüpfte in ihre Schuhe.

„Bis gleich“, rief sie der verdutzen Jenny zu und verließ die Wohnung.

„Mam, du kannst doch nicht ...“, rief Jenny ihr nach.

„Was ist mit Lena“, fragte Eleni, die im Nachthemd unter ihrer Zimmertür stand.

„Was soll schon sein?“, antwortete Jenny resigniert. „Sie rennt ins Büro.“

Montag, 30. Juni 2008, 07.50 Uhr

Die Maschine nach Chisinau war pünktlich in Wien gestartet. Der moldawische Diplomat Emilian Pjecha war erleichtert. Alles hatte reibungslos geklappt. In Chisinau würde er Kontakt aufnehmen mit einem seiner Lieferanten und danach mit dessen Hilfe für einige Zeit verschwinden, so lange, bis Gras über die Sache mit Ilka gewachsen war. Einer Nutte, auch wenn sie für die Polizei arbeitete, würde man nicht lange nachtrauern. Geld war kein Problem. In seinem Diplomatengepäck hatte er über 400000 Euro in bar, alles in den letzten Wochen an der EM 2008 verdient. Im Ministerium würde man sich zwar wundern, dass er nicht mehr erscheinen würde. Aber dort hatten die meisten Leute irgendwie schmutzige Hände und man würde sich hüten, ihm zu viel Aufmerksamkeit zu schenken. In Chisinau verließ Emilian Pjecha das Flugzeug als Letzter. Er hatte von nun an alle Zeit der Welt. Unbehelligt ging der attraktive Mann mit den dunklen Haaren, dem Schnauzbart und der schmalen Brille durch den Zoll und nahm vor der Ankunftshalle ein Taxi, das ihn in die Stadt brachte.

Montag, 30. Juni 2008, 10.00 Uhr

Als Lena im Präsidium eintraf, wussten alle bereits Bescheid. Die Wiener hatten angerufen und mitgeteilt, dass Iliescu nicht aufgetaucht war. Auch die rumänische Fluggesellschaft *Tarom* hatte bestätigt, dass Iliescus gebuchter Sitz nach Bukarest leer geblieben war.

Die Enttäuschung im Team war fast physisch greifbar. Lena rief Radványi in Budapest an. Zu ihrer Überraschung war auch er bereits auf dem Laufenden. Die Ungarn hatten im Vorfeld ebenfalls Kontakt mit der österreichischen Bundespolizei aufgenommen, um zusätzlich Druck zu machen und aus erster Hand informiert zu werden. Aber Lena hatte keine Zeit, Radványi ihren Unmut darüber klar zu machen, denn Minder trat in ihr Büro und sorgte mit seiner aufdringlichen Art dafür, dass sie das Gespräch abbrechen musste.

Kaum hatte sie den Hörer aufgelegt, legte er los: „Lena, ich bin der Meinung, dass die gestrigen Ereignisse Sie so ziemlich aus der Bahn geworfen haben. Um Ihrer eigenen Gesundheit willen fände ich es angebracht, wenn Sie ein paar Tage Urlaub nehmen. Zudem rate ich Ihnen, einige Termine bei Frau Bommer oder einer anderen psychologisch geschulten Person wahrzunehmen."

„Was heißt das im Klartext?", fragte Lena und stand auf, um mit ihm auf Augenhöhe zu sein.

„Sie sind bis auf weiteres beurlaubt", antwortete Minder unmissverständlich. „Legen Sie Ihre Dienstwaffe auf den Tisch."

„Ich habe einen Mörder und Menschenhändler zu fassen", entgegnete Lena mit schneidender Stimme. „Sobald er dingfest gemacht wurde, werde ich Ihrem Wunsch Folge leisten. Bis zu diesem Zeitpunkt aber wird mich niemand daran hindern, meine Arbeit zu tun."

„Sie sind psychisch angeschlagen und voreingenommen", herrschte Minder sie an.

„Voreingenommen? Erklären Sie mir auf der Stelle, wie Sie zu diesem Schluss kommen", verlangte Lena lauter, als sie eigentlich wollte.

„Das mache ich gerne", schrie Minder ihr entgegen. „Erstens: Sie vermischen Privates mit Geschäftlichem. Bereits zum wiederholtem Male machen Sie Ihren zweifelhaften Journalistenfreund zu einem Teil Ihres Teams und lassen diesen Dilettanten ermitteln. Zweitens: Sie bieten einer Tatzeugin Unterschlupf in Ihrer eigenen Wohnung. Das ist ein klarer Verstoß gegen kriminalpolizeiliche Prinzipien. Das ist mehr als genug, um Sie von diesem Fall abzuziehen."

„Ich habe bereits gekündigt, falls Sie sich noch an gestern erinnern können", schrie Lena zurück. „Sie sind mich und meine unerträglichen Methoden also bald los. Aber bevor ich meinen Schreibtisch räume, sitzt Iliescu hinter Schloss und Riegel."

„Dafür ist jetzt Reinhard Höller zuständig", sagte Minder in normalem Tonfall.

„Das glaube ich einfach nicht", entgegnete Lena ebenso leise. „Wer macht Ihnen denn eigentlich solchen Druck, dass Sie die Hosen voll haben und auf Ihren eigenen Leuten herumhacken? Ist es Regierungsrat Strohmeier? Fürchtet er um seine Wiederwahl?" Sie machte einen Schritt auf ihn zu, so dass zwischen ihren Gesichtern nur wenige Zentimeter Abstand blieben. Lena konnte seinen schlechten Atem riechen.

„Was sind Sie doch für eine jämmerliche Pappnase", sagte sie und drehte sich auf dem Absatz um.

„Ihre Dienstwaffe“, rief er ihr nach.

„Können Sie bei mir zuhause abholen lassen“, antwortete sie. „Die liederliche Kommissarin hat sie auf dem Nachttisch liegen lassen. Vielleicht spielt der frisch gefickte Journalistenfreund gerade damit herum.“

Damit ließ sie Minder stehen, knallte die Tür zu und lief direkt Höller in die Arme, der offenbar draußen auf dem Flur gestanden und alles mitgehört hatte.

„Lena, es tut mir leid. Minder ist ein Arschloch …“

„Ich weiß“, unterbrach Lena ihn. „Kannst du die Waffe bei mir zuhause abholen? Ich biete dir gerne einen richtig guten Kaffee an im Gegensatz zu der Brühe, die wir hier kriegen.“

„Das lässt sich machen“, antwortete Höller. „Bei dieser Gelegenheit kann ich auch gleich deine Aussage aufnehmen, was die Ereignisse von gestern betrifft.“

„Das trifft sich ja ausgezeichnet“, antwortete Lena ironisch. „Kannst du mich ein Stück weit mitnehmen, da ich ja jetzt über keinen Dienstwagen mehr verfüge?“

Montag, 30. Juni 2008, 12.00 Uhr

Es war schwerer gewesen, als sie gedacht hatte. Die Fragen nach den Details hatten sie alles noch einmal durchleben lassen. Sie konnte jetzt die oft unerwarteten Reaktionen der Leute besser verstehen, die sie befragt hatte.

Aufgewühlt unterschrieb sie das Protokoll, das Höller in seinen Laptop getippt und danach auf ihrem Printer ausgedruckt hatte. Dann fragte sie Höller: „Kannst du etwas für mich tun, Reinhard?"

„Aber sicher, Lena", antwortete er. „Wenn ich nicht gerade Minder für dich umbringen soll."

„Nein, obwohl man ihn vielleicht tatsächlich aus dem Weg räumen müsste, um das zu bekommen, um das ich dich bitte."

„Da bin ich aber gespannt."

„Ich werde wenn möglich morgen noch mit Eleni nach Debrecen reisen und sie bei ihrer Familie abliefern. Kannst du dafür sorgen, dass mir diese Spesen vergütet werden?"

„Das werde ich schon irgendwie unterkriegen. Zeugenschutzprogramm oder dergleichen. Immerhin hat sie Iliescu identifiziert. Lass das meine Sorge sein."

„Ich danke dir", sagte Lena. „Schön zu wissen, dass man auch Freunde hat im Präsidium."

„Darüber kannst du dich, soviel ich mitbekomme, nicht beklagen", antwortete Höller.

„Dann habe ich eine zweite Bitte", sagte Lena.

„Und die wäre?"

„Kannst du mich auf dem Weg ins Präsidium im Spital absetzen? Ich möchte zu Ariane."

Montag, 30. Juni 2008, 15.00 Uhr

Ariane hatte tatsächlich Glück gehabt. Kein lebenswichtiges Organ war verletzt worden. Sie durfte das Spital bereits in zwei Tagen verlassen.

Andreas war auch da gewesen. Er hatte sich bei Lena für seine Vorwürfe entschuldigt und ihr versichert, dass er ähnlich gehandelt hätte. Er bat sie sogar, ihre Kündigung zu überdenken und zu bleiben. Auch Ariane hegte keinen Groll gegen sie. Im Gegenteil. Sie war der festen Überzeugung, dass alles viel schlimmer hätte ausgehen können, wenn Lena nicht so entschlossen und selbstlos vorgegangen wäre. Sie bot Lena volle Unterstützung an, falls sie durch ihre Befreiungsaktion bei der Polizei intern mit rechtlichen Konsequenzen rechnen musste. Im Bus, auf dem Weg nach Hause, fühlte sie sich erleichtert. Obgleich es ihr vorkam, als würden sie einige Leute anstarren, ging es ihr besser. Die Lokalmedien und die Online-Portale hatten zwar über den Vorfall berichtet, aber ihr Name war dabei nicht gefallen. Also war es nichts als Einbildung, dass sie jemand deswegen anstarren könnte.

Kaum war sie zuhause, rief Höller an. Er teilte ihr mit, dass Janci Kaleja Ende der Woche nach Italien abgeschoben würde. Commissario Catti sei über die Ereignisse informiert worden und habe versprochen, Janci Kaleja persönlich davor zu warnen, weitere Dummheiten zu machen, ansonsten würden die italienischen Behörden Kaleja und seinen Clan nach Rumänien zurückschaffen. Lena setzte sich mit Eleni an den Küchentisch und fasste sie bei der Hand: „Morgen beginnt dein neues Leben. Iliescu ist zwar untergetaucht, aber er weiß, dass er enttarnt wurde. Er kann seinen Geschäften nicht weiter nachgehen. Und vor allem wird er dich in Ruhe lassen. Er hat jetzt andere Sorgen. Morgen können wir beide nach Hause reisen. Ich möchte endlich dein Dorf, deine Eltern und die Stadt kennen lernen, wo du deine Ausbildung beginnen wirst."

Eleni nickte und lächelte. Eine Träne lief ihr über die linke Wange, als sie über den Tisch hinweg versuchte, Lena in die Arme zu schließen.

Fünfter Teil: **Nachspielzeit**

Dienstag, 1. Juli 2008, 10.00 Uhr

Nach der Landung in Budapest mussten sie fast eine Stunde auf das Gepäck warten. Irgendein mechanischer Defekt bei der automatischen Gepäckausgabe war der Grund.

Vom Flughafen aus gab es keine direkte Verbindung nach Debrecen. Sie mussten ein Taxi nehmen, das sie an den östlichen Stadtrand von Budapest brachte. Dort gab es, inmitten von hässlichen Plattenbausiedlungen aus kommunistischen Jahren, einen großen Busterminal.

Die Fahrt nach Debrecen dauerte gut drei Stunden. Etwa auf halber Strecke überquerten sie die Theiß und fuhren danach entlang der Puszta immer weiter ostwärts. In der steppenähnlichen Ebene flimmerte die sommerliche Hitze. Sie konnten von der Straße aus mehrere der traditionellen Ziehbrunnen sehen. Eleni erklärte Lena ihre Funktionsweise und wurde zunehmend übermütig, je näher sie ihrer Heimat kamen.

Kurz nach vier trafen sie in Debrecen ein. Im Busbahnhof herrschte ein buntes Durcheinander von Menschen und Gepäckstücken. Es waren auffallend viele Roma vor Ort. Eleni klärte Lena auf, dass dies in dieser Gegend normal und gleichzeitig auch ein Problem sei. Viele Ungarn zeigten ihre Abneigung den Roma gegenüber ganz offen. Sie fragten nach einem Bus in die Region, wo Elenis Eltern wohnten. Aber der nächste ging erst in zwei Stunden. Also riefen sie einen Taxifahrer zu sich. Eleni handelte mit ihm einen Preis aus.

„Hier musst du den Preis vor der Fahrt vereinbaren, sonst gibt es unter Umständen am Ziel eine böse Überraschung“, belehrte Elena ihre Freundin.

„Bei uns zieht jeder jeden über den Tisch. Das hat Tradition und ist ganz normal. Niemand stört sich daran. Außer die Geprellten natürlich."

„Gut zu wissen", sagte Lena. „Ich muss ja auch irgendwie wieder nach Hause kommen."

Im Taxi rief Eleni ihre Eltern an, um die baldige Rückkehr anzukündigen. Lena konnte nichts verstehen, bekam aber mit, dass das Wiedersehen nicht problemlos werden würde. Man hatte hier offenbar inzwischen mitbekommen, welcher Tätigkeit die Mädchen im Ausland nachgingen. In der katholisch geprägten Gesellschaft war Prostitution eine Todsünde.

Als Eleni das Gespräch beendet hatte, sagte sie: „Ich bin froh, dass du bei mir bist. Das wird vielleicht helfen, dass sie mir verzeihen."

„Verzeihen?", fragte Lena. „Was sollen sie dir denn verzeihen?"

„Dass ich meinen Körper verkauft habe. Du musst wissen, hier ist Sex vor der Ehe kein Thema. Geschweige denn Prostitution. Das hält aber keinen Mann davon ab, die Huren in Debrecen oder in Budapest zu besuchen."

„Ich werde mein Bestes geben", versprach Lena. „Auch wenn ich dabei vielleicht etwas schummeln muss."

Dienstag, 1. Juli 2008, 17.45 Uhr

Sie bogen von der Hauptstraße in einen staubigen Weg ein. Eleni dirigierte den Fahrer ans Ende des Sträßchens. Sie hielten vor einem halb verfallenen Haus an.

Eleni bezahlte den Fahrer und Lena legte ein Trinkgeld drauf. Der Fahrer bedankte sich auf Deutsch.

Die Türe des Hauses wurde von einer älteren Frau geöffnet, die ein Kopftuch trug. Sie blieb auf der Schwelle stehen und wartete auf ihre Tochter. Aber ihre Freude schien sich in Grenzen zu halten, als Eleni auf sie zuging und sie in die Arme schloss. Die alte Frau erwiderte die Umarmung nicht. Und sie hatte kein Lächeln für ihre verlorene Tochter übrig. Die Frau fixierte Lena und stellte eine Frage. Lena konnte sehen, dass Eleni den Kopf schüttelte. „Sie fragt, ob du auch eine Prostituierte bist.“ Lena lächelte und ging auf die Frau zu. Sie streckte ihr die Hand entgegen und sagte: „Mein Name ist Lena Bellmann. Ich bin Kommissarin in Bern und bringe Ihnen Ihre tolle Tochter zurück. Eleni hat nichts Schlechtes getan.“ Die Frau gab ihr die Hand nicht. Eleni übersetzte, während Lena ihren Polizeiausweis zeigte.

Erst jetzt hob sie zögernd ihre Hand und reichte sie Lena. Sie stellte ihr eine weitere Frage. Eleni übersetzte: „Sie will wissen, was passiert ist.“

„Ihre Tochter ist von einem sehr gefährlichen Mann mit falschen Versprechungen in die Schweiz gelockt worden. Sie sollte dort als Prostituierte arbeiten. Aber Ihre Tochter und eine Freundin haben sich geweigert. Dann hat der Mann die Freundin umgebracht. Eleni konnte fliehen und hat uns geholfen, den Mann zu finden. Eleni ist eine sehr starke Frau.“

Nachdem Eleni in Ungarisch übersetzt hatte, hellten sich die Züge ihrer Mutter auf. Sie lächelte und schloss ihre Tochter endlich in die Arme. Lena konnte sehen, dass ihr mehrere Zähne fehlten.

Inzwischen war aus dem dunklen Innern des Hauses auch ein Mann aufgetaucht. Auch er lächelte und nahm seine Tochter in die Arme. Er hatte offenbar gelauscht und war erst erschienen, als die drohende Familienschande vom Tisch war. Auch er reichte Lena die Hand und nickte ihr freundlich zu. Mit einer einladenden Geste deutete er auf die offene Tür und bat beide einzutreten.

Dienstag, 1. Juli 2008, 19.00 Uhr

Elenis Mutter hatte ein leckeres Essen gekocht. Ihre Tochter hatte ihr dabei geholfen, während Lena mit dem Vater im kleinen Wohnzimmer vor dem Fernseher gesessen hatte. Ein richtiges Gespräch war nicht möglich gewesen. Aber einige Brocken Englisch und Deutsch, die er auf dem Reiterhof von Touristen gelernt hatte, konnte Elenis Vater doch anwenden.

Lena war froh, als das Essen endlich aufgetragen wurde. Es gab *Pörkölt*, auf Paprikaschoten und Tomaten gedünstetes Schmorfleisch mit Nockerln. Als Beilage servierte Eleni Gurkensalat.

Elenis Vater hatte eine Flasche edlen *Szeksàrd* entkorkt, um die Rückkehr der verloren geglaubten Tochter zu feiern. Während des Essens erzählte Eleni ihren Eltern, dass sie jetzt eine Ausbildung beginnen wolle und dass Lena, ihre Freundin, dafür aufkäme. Die Eltern waren zwar sehr erfreut, fürchteten aber offensichtlich, dass ihre einzige Tochter wieder weggehen würde.

„Nein, ich werde mir eine kleine Wohnung in Debrecen nehmen und vorerst ganz in eurer Nähe bleiben“, sagte Eleni zuerst auf Ungarisch und dann für Lena auf Deutsch. Zum Nachtisch gab es *Palatschinken,* eine Art Omelette mit Sauerkirschfüllung und Eis sowie ein Gläschen *Unicum* zur Unterstützung der Verdauung.

Lena erklärte, sie sei sehr müde und müsse sich noch ein Hotel in der Nähe suchen. Die Entrüstung, dass sie überhaupt einen solchen Gedanken fassen konnte, war groß. Im gastfreundlichen Ungarn war es selbstverständlich, dass Lena bei der Familie Nagy schlafen würde.

Eleni überließ Lena sogar ihr Zimmer. Lena wollte protestieren, bot an, auf dem Sofa zu schlafen, gab aber schließlich auf. Sie kam gegen diese traditionelle Art von Gastfreundschaft nicht an. Also machte sie es sich in Elenis kleiner Kammer bequem.

Während sie im Bett lag, betrachtete sie im Schein der kleinen Lampe die einfache Einrichtung und die Fotos an der Wand. Eleni hatte Bilder von feinsandigen und Palmen gesäumten Stränden aufgehängt sowie die Bilder einiger schlanker und schöner Frauen, wahrscheinlich Models. Auch Brad Pitt und Leonardo diCaprio lachten ihr entgegen. Auf einem anderen Bild erkannte sie John Bon Jovi. Die Träume einer jungen Frau, die voller Erwartung vor dem Leben steht. Und dann geschieht das, was Eleni passiert war.

Sie war gutgläubig und vertrauensvoll an den „Rattenfänger von Debrecen" geraten und war hart auf dem Boden einer ganz anderen Realität gelandet.

In einer Welt der gnadenlosen Ausbeutung und Gewalt, einer grenzenlosen Gier nach Geld und gefühllosem Sex. Schlimmer konnte ein junger Mensch nicht desillusioniert werden. Lena schauderte bei dem Gedanken, was mit Eleni passiert wäre, wenn sie den Notausgang aus diesem Milieu nicht benutzt hätte.

Andererseits war dieses Türchen nur geöffnet worden, weil dafür Ilka Horvat gestorben war. Eine tiefe Traurigkeit überkam Lena. Sie löschte das Licht und versank in ihrer Müdigkeit. Ihre letzten Gedanken vor dem Einschlafen drehten sich um den kommenden Tag, an dem sie mit Eleni eine Schule in Debrecen aussuchen würde.

Mittwoch, 2. Juli 2008, 10.00 Uhr

Bereits die zweite Schule, die sie besichtigt hatten, entsprach den Vorstellungen, die Lena sich gemacht hatte. Eleni schrieb sich für Deutsch- und Englischkurse ein und Lena bezahlte für das erste Semester in bar. Für alle weiteren Rechnungen hinterließ sie ihre Adresse in Bern.

Danach suchten sie den Schuhladen auf, wo Eleni gearbeitet hatte. Ihre Stelle war leider bereits wieder besetzt. Ein junges, blondes Ding bediente die Kunden, indem sie ihnen die gewünschten Schuhe reichte, ansonsten aber eher uninspiriert herumstand. Frau Bodrogi, die Chefin freute sich, Eleni wiederzusehen. Sie beklagte sich über die junge Angestellte. „Sie ist faul und beschränkt, aber ich kann leider zu wenig bezahlen, um eine gut ausgebildete Verkäuferin anzustellen. Der Laden läuft zu schlecht", übersetzte Eleni. Lena überlegte nicht lange und wies Eleni an, der Chefin folgendes Angebot zu machen: „Ich zahle Frau Bodrogi für zwei Jahre die Hälfte deines Lohnes, das sind ungefähr 100 Euro. Dafür lässt sie dich morgens bis mittags um 2.00 Uhr arbeiten. Am Nachmittag machst du Aufgaben und abends gehst du zur Schule. Die Blondine fängt um 11.00 Uhr an und arbeitet bis Ladenschluss. Du nimmst sie unter deine Fittiche und bringst ihr ein Paar Brocken Deutsch und Englisch bei. Ihr habt beide nur noch den halben Lohn garantiert. Die zweite Hälfte – oder allenfalls auch mehr – kriegt ihr über eine Provision an den verkauften Waren. Auf diese Weise sind alle motiviert, gut zu arbeiten."

Frau Bodrogi brauchte noch einige Zusatzerklärungen, bis sie Lenas Konzept begriff. Dann aber war sie plötzlich Feuer und Flamme und bedauerte, dass sie nicht selber auf eine solche Idee gekommen war. Da Frau Bodrogi nicht nur Geschäftsführerin, sondern auch die Besitzerin des Geschäfts war, konnte sie diese Entscheidung sofort treffen. Die junge Blondine zeigte wenig Begeisterung angesichts der Tatsache, dass sie nun für die zweite Hälfte des Lohns etwas tun musste. Sie verwies auf den von Gesetzes wegen garantierten Mindestlohn. Aber der von Frau Bodrogi in Aussicht gestellte Mehrverdienst genügte, um das einfache Gemüt umzustimmen. Jedenfalls wollte sie es für die Dauer eines Monats zumindest versuchen.

Eleni konnte ihr Glück kaum fassen. In wenigen Tagen hatte sich ihr Leben vollkommen verändert. Dank Lena Bellmann, einer Polizistin aus der Schweiz, die sich völlig selbstlos für sie eingesetzt hatte. Zum ersten Mal in ihrem Leben hatte Eleni einen Menschen wie Lena getroffen. Aber diese Lena Bellmann musste jetzt nach Hause zurückkehren. Eleni hoffte, dass sie dies alles auch ohne Lenas Anwesenheit schaffen würde. Sie fürchtete ernsthaft, dass sich alles als Traum entpuppen würde und dass sich dieser Traum nach Lenas Abreise einfach in Luft auflösen könnte. In einem Bistro tranken sie ein *Traubisoda* und überlegten, wann sie sich wiedersehen würden. Lena versprach, sie zusammen mit Ariane Martinez noch diesen Herbst zu besuchen. Es war ein tränenreicher Abschied, als Lena den Bus nach Budapest bestieg. In der Hauptstadt bezog sie in der Nähe des Ostbahnhofs ein preiswertes Hotel. Lena war zu müde, sich in das pulsierende Nachtleben der Millionenstadt zu stürzen. Nach einem Spaziergang durchs Zentrum an das Donauufer und einen Blick auf die Burg drüben in Buda, kehrte Lena zurück auf ihr Zimmer und legte sich ins Bett, obwohl es draußen noch hell war. Nach wenigen Minuten war sie trotz des Verkehrslärms eingeschlafen.

Donnerstag, 3. Juli 2008, 10.00 Uhr

Die Maschine nach Budapest war pünktlich in Chisinau gestartet. Mit an Bord unter den wenigen Passagieren war der moldawische Diplomat Emilian Pjecha.

Er hatte eine offizielle Mission im griechischen Teil der zypriotischen Hauptstadt Nikosia vor sich. Sein Auftrag war es, sich um das Schicksal der zahlreichen jungen Moldawierinnen zu kümmern, die inzwischen illegal als Prostituierte in den zahlreichen Clubs außerhalb der Stadt arbeiteten.

Donnerstag, 3. Juli 2008, 10.00 Uhr

Zwei Stunden vor Abflug hatte Lena eingecheckt. Danach hatte sie sich durch die Passkontrolle in den Transitbereich begeben. Aus Angst, den Flug zu verpassen, war sie einmal mehr viel zu früh und ärgerte sich nun über ihre blöde Angewohnheit. Sie setzte sich auf einen freien Schalensitz vor einem Duty-free-Shop und blätterte in einer deutschen Illustrierten. Aber sie hatte keine Lust, die dämlichen Storys über Stars und Models zu lesen. Sie betrachtete abwechselnd die Bilder in der Zeitschrift und die Passanten, die aus dem Shop kamen.

Plötzlich wurde ihr ganz heiß. Das Gesicht eines Mannes, der aus dem Duty-free-Shop gekommen war und nun Richtung Gates ging, erinnerte sie unmittelbar an Kovac. Allerdings hatte der Mann im Gegensatz zu Istvan Kovac dunkle Haare und trug einen Schnauzbart sowie eine schmale Brille. Aber die Gesichtszüge glichen verblüffend denjenigen auf dem Foto. Sie stand auf und ging hinter dem Mann her. In ihrer Handtasche suchte sie gleichzeitig nach dem Ausdruck des Bildes, das Jan in Wien aufgenommen hatte.

Der Mann stellte sich in eine Schlange mit Passagieren, die vor einem Gate auf das Boarding warteten. Lena posierte sich so, dass sie ihn unauffällig betrachten konnte.

Sie verglich die Person in der Schlange mit derjenigen auf dem Foto. Sie war sich sicher. Beide trugen denselben Anzug. Die Frisur war die gleiche, nur hatte er die Haare jetzt dunkler gefärbt. Die Wangenknochen waren markant und das Grübchen im Mundwinkel vermochte auch der aufgeklebte Schnurrbart nicht zu verdecken. Das war zweifellos Istvan Kovac beziehungsweise Sergiu Iliescu oder wie er auch immer hieß. Was sollte sie tun? Fieberhaft ging sie die Möglichkeiten durch: Flughafenpolizei alarmieren, Interpol benachrichtigen, sich auf ihn stürzen?

Eigentlich ging sie der Fall gar nichts mehr an. Sie war suspendiert und auf diesem Terrain ohnehin nicht zuständig, irgendetwas zu unternehmen. Zudem hatte sie gekündigt. Sie konnte einfach weggehen und die Sache vergessen. Aus den Augen aus dem Sinn.

Da hatte Lena eine Idee: Sie trat einige Schritte vor, damit sie die Anzeigetafel des Gates lesen konnte. Der Flug ging nach Nikosia. Sie setzte sich in der Nähe hin und vergewisserte sich, dass Iliescu im Gateway verschwand. Dann rief sie mit ihrem Mobiltelefon Radványi an. Er nahm beim zweiten Summton ab.

„Guten Morgen Herr Radványi. Hier spricht Lena Bellmann", sagte sie langsam und deutlich auf Englisch. „Ich bin am Flughafen in Budapest und habe soeben beobachtet, wie Sergiu Iliescu die Maschine nach Nikosia bestiegen hat. Ich wünsche Ihnen einen schönen Tag." Damit legte sie auf, obwohl Radványi am anderen Ende vor lauter Verblüffung noch kein Wort gesprochen hatte.

Als sie wenig später zufrieden in Richtung ihres Gates ging, konnte sie beobachten, wie mehrere Männer in Zivil zum Nokosia-Gate eilten.

Als Lena eine halbe Stunde später in ihrer *Swiss*-Maschine über das Rollfeld zur Abflugpiste hinaus fuhr, fiel ihr am Rande des Rollfeldes eine Maschine der ungarischen Fluggesellschaft *Malev* auf, die von zahlreichen Polizeifahrzeugen mit laufendem Blaulicht umstellt war.

Donnerstag, 3. Juli 2008, 15.00 Uhr

Lena freute sich, wieder zuhause zu sein. Sie war gerade dabei, ihre Sachen auszupacken, als ihr Mobiltelefon surrte. Es war Höller.

„Hallo Lena. Wo bist du?“, fragte er.

„Ich bin zuhause“, antwortete sie.

„Radványi hat angerufen. Sie haben ihn geschnappt. Iliescu ist ihnen am Flughafen in Budapest ins Netz gegangen“, berichtete Höller aufgeregt.

„Das sind ja gute Neuigkeiten“, antwortete Lena ungerührt.

„Wann bist du denn zurückgeflogen?“, wollte Höller wissen.

„Heute Morgen“, sagte Lena.

„Und du hast nichts mitbekommen?“, fragte Höller. „Radványi wollte unbedingt mit dir sprechen.“

„Ich habe gar nichts gesehen“, antwortete Lena. „Und Radványi hast du hoffentlich gesagt, dass ich nichts mehr mit dem Fall zu tun habe.“

„Ja hab ich“, meinte Höller. „Aber glaub mir, noch ist in dieser Geschichte das letzte Wort nicht gesprochen.“

„Oh doch, das ist es“, entgegnete Lena. „Nicht nur in diesem Fall, sondern in allen Fällen, die noch auf euch zukommen. Ich bin endgültig raus aus der Sache.“

„Schlaf noch einmal drüber, Lena“, bat Höller. „Morgen schon sieht vielleicht alles anders aus.“

„Ich habe meine Entscheidung getroffen“, sagte Lena. „Ich wünsche dir einen schönen Tag. Ich melde mich nächste Woche bei dir wegen einer kleinen Abschiedsfeier mit dem Team.“ Sie drückte die Verbindung weg, ohne auf Höllers Antwort zu warten.

Höller schaute Minder an, der das Gespräch mitgehört hatte.

„Sie meint es ernst“, sagte Höller. „Jetzt ist der Ball bei Ihnen.“

„Verdammt, ist das eine dickköpfige Zicke“, schimpfte Minder. „Da bleibt mir wohl nichts anderes übrig, als vor ihr im Staub zu kriechen.“

„Das sehe ich auch so“, sagte Höller schmunzelnd.

Pendragon Verlag
gegründet 1981
www.pendragon.de

Veröffentlicht im Pendragon Verlag
Günther Butkus, Bielefeld 2010

Lektorat: Günther Butkus, Vanessa Vogt
Umschlag: Michael Baltus Verlagsherstellung
Umschlagfoto: Jörg Fokuhl (www.joergfokuhl.com)
Satz: Pendragon Verlag auf Macintosh
Gesetzt aus der Adobe Garamond
Druck: Aalexx Buchproduktion, Großburgwedel
ISBN 978-3-86532-205-0
Printed in Germany

KALTER ABSCHIED

von Roger Strub

Ein Bern – Krimi

208 Seiten, Paperback

Euro 9,90 / ISBN 978-3-86532-998-1

Ein Polizeichef, kurz vor der Pension, kann nicht vergessen, dass er einen rätselhaften Fall nie aufklären konnte. Nun bittet er die junge Kollegin Lena Bellmann um Hilfe.

1976 hatte man in Bern die Leiche einer ertrunkenen Frau gefunden. Bei ihr zu Hause entdeckte die Polizei ihre beiden toten Kinder und einen Abschiedsbrief.
Der Fall wurde als erledigt zu den Akten gelegt. Doch nachdem eine junge Amerikanerin als vermisst gemeldet wurde, die sich am Tag des Familiendramas in Bern aufgehalten hatte und deren Bild eine verblüffende Ähnlichkeit mit der Frau zeigte, kamen dem Polizeichef Zweifel. War es damals wirklich Selbstmord? War die Tote tatsächlich die Mutter der ermordeten Kinder?

Lena Bellmann muss gleich bei ihrem ersten Fall beweisen, was in ihr steckt.

P E N D R A G O N - Verlag